TASCABILI
BOMPIANI

843

ROMANZI
E RACCONTI

Diego Marani
A Trieste con Svevo

TASCABILI
BOMPIANI

ISBN 88-452-5379-1

© 2003 RCS Libri S.p.A.
Via Mecenate 91 - 20138 Milano

I edizione Tascabili Bompiani febbraio 2003

Alla Polisportiva San Nicolò

*"Errai come agli umani è sorte errare.
Mi sopraffece la vita;
la vita vinsi, in parte;
il mio cuore meno."*

U. Saba

MAR

ADRIATICO

Porto Vecchio

MOLO II

MOLO

Porto Doganale

Bacino
S. Giusto

MOLO DEI BERSAGLIERI

Palazzo d. Congressi

Pal
d. L
Trie
(Reg

Stazione Marittim

Bacino
S. Marco

MOLO PESCHERIA

Mon. a
N. Sauro

MOLO FRATELLI BANDIERA

Porto Turistico Sacchetta

MOLO VENEZIA

Acquario Marino

LIDO

RIVA N. SAURO

Museo Revoltella

P.ZZA VENEZIA

P.ZA HORTIS

VIA TRAIANA

VIA OTTAVIANO AUGUSTO

RIVA GRUMULA

Museo Sartorio

Museo di Sto Natura

Stazione F.S. Campo Marzio

VIA G. CESARE

Museo del Mare

LGO PAPA GIOVANNI XXIII

UNIVERSITÀ

VIA MARCO

SALITA AL PROMONTORIO

VIA DELL'UNIVERSITÀ

RIVA

VIA CAMPO

VIA III

VIA

ARMATA

VIA

VIA

P.ZA C. ALBERTO

VIA

VIA

FRANCA

VIA

VIA

COMBI

VITTORIO

LOCCHI

COLO

BATTI

VIALE

PASSEGGIO

R. GESSI

DI

S. ANDREA

MOLO V

PUNTO FRANCO

© GEOnext – Istituto Geografico De Agostini, Novara 2003

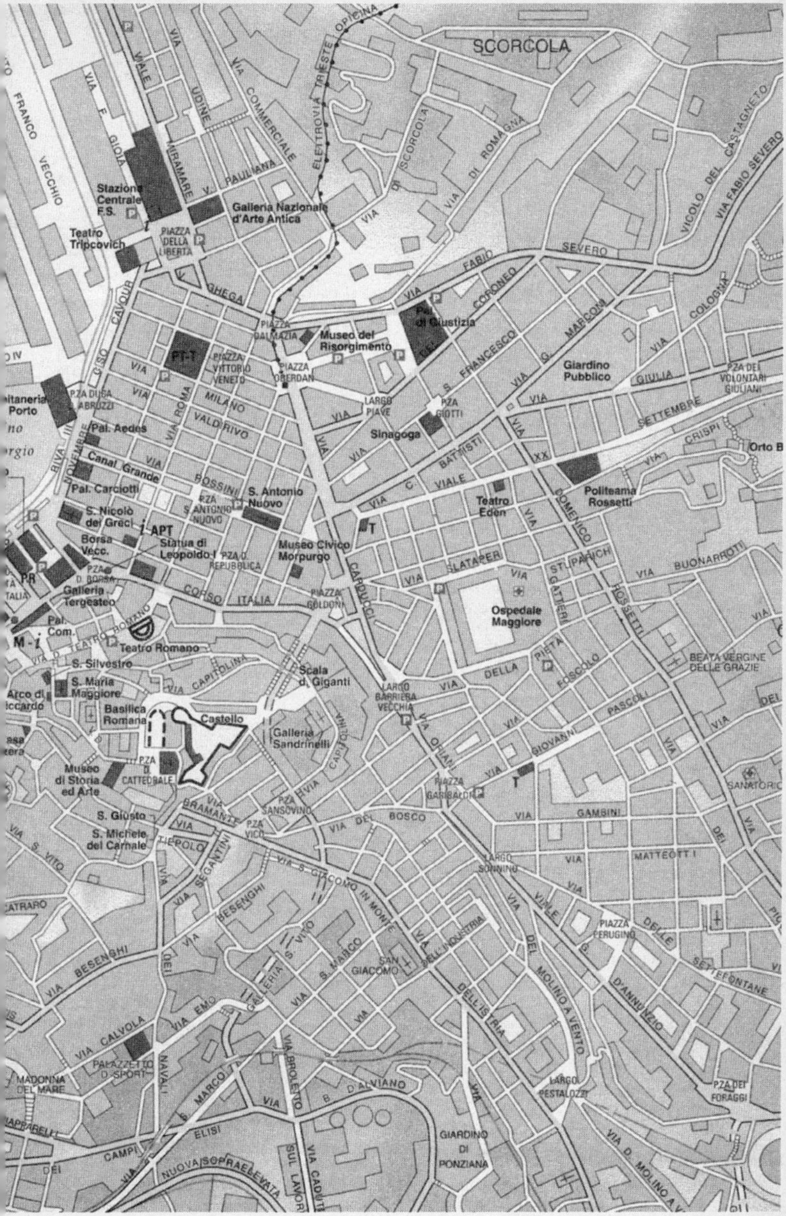
SCORCOLA
Stazione Centrale F.S.
Teatro Tripcovich
Galleria Nazionale d'Arte Antica
Piazza della Libertà
Museo del Risorgimento
Pal. di Giustizia
Piazza Dalmazia
Piazza Oberdan
Piazza Vittorio Veneto
PT-T
Giardino Pubblico
Pza dei Volontari Giuliani
Pza Giotti
Largo Piave
Sinagoga
Orto B
Politeama Rossetti
Teatro Eden
Pal. Aedes
Canal Grande
Pal. Carciotti
S. Antonio Nuovo
Pza S. Antonio Nuovo
S. Nicolò dei Greci
APT
Borsa Vecc.
Statua di Leopoldo I
Pza d. Repubblica
Museo Civico Morpurgo
Pza d. Borsa
Galleria Tergesteo
Piazza Goldoni
Ospedale Maggiore
Pal. Com.
Teatro Romano
S. Silvestro
S. Maria Maggiore
Arco di Riccardo
Basilica Romana
Castello
Scala d. Giganti
Galleria Sandrinelli
Largo Barriera Vecchia
Beata Vergine delle Grazie
Sanatorio
Museo di Storia ed Arte
Pza d. Cattedrale
S. Giusto
S. Michele del Carnale
Pza Sansovino
Pza Vico
Piazza Garibaldi
Largo Sonnino
Piazza Perugino
San Giacomo
Palazzetto d. Sport
Madonna del Mare
Largo Pestalozzi
Pza dei Foraggi
Giardino di Ponziana
Via Commerciale
Via Udine
Viale Miramare
Via F. Gioia
Franco Vecchio
V. Paulliana
Elettrovia Trieste Opicina
Via di Scorcola
Via di Romagna
Vicolo del Castagneto
Via Fabio Severo
Via Coroneo
Via S. Francesco
Via G. Marconi
Via Giulia
Via XX Settembre
Via Crispi
Via C. Battisti
Viale
Via Domenico Rossetti
Via Buonarroti
Via Slataper
Via Stuparich
Via Gatteri
Via Carducci
Via Roma
Via Milano
Via Valdirivo
Via Rossini
Corso Italia
Corso Cavour
Via Ghega
Riva III Novembre
Via d. Teatro Romano
Via Capitolina
Via della Pietà
Via Foscolo
Via Pascoli
Via Giovanni
Via Oriani
Via Gambini
Via Matteotti
Via del Bosco
Via Bramante
Via Tiepolo
Via S. Vito
Via Segantini
Via S. Giacomo in Monte
Via Besenghi
Via Calvola
Via Emo
Via S. Marco
Via dell'Industria
Via dell'Istria
Via del Molino a Vento
Viale d'Annunzio
Via delle Settefontane
Via Navali
Via Broletto
Via B. d'Alviano
Via sul Lavoro
Via Caduti
Campi Elisi
Nuova Sopraelevata
Via D. Molino a Vento

Ci perdoni il lettore se i valori espressi in antichi scellini austriaci sono stati convertiti in lire anziché in euro. Il passaggio dalla moneta dell'impero austro-ungarico a quella dell'Unione europea ci è sembrato un salto troppo spregiudicato nel tempo. Soprattutto quando si parla di Trieste, bisogna avere per il tempo un particolare riguardo, ché nella città di Svevo scorre in una diversa, più sofisticata maniera.

Sei personaggi in cerca di dottore

Chissà se si conoscevano, Giorgio, l'assassino di via Belpoggio, Alfonso Nitti, Emilio Brentani, Zeno Cosini, e il buon vecchio del tram di Servola? Si saranno forse incontrati, a qualche angolo del Corso: l'assassino di via Belpoggio col fiato grosso e gli occhi sbarrati per la paura, Alfonso Nitti mentre tornava alla sua stanza di città vecchia dopo uno struggente appuntamento con Annetta, Emilio Brentani con il profumo di Angiolina ancora sulla bocca, Zeno Cosini, schiacciando sotto il tacco l'ennesima ultima sigaretta e il buon vecchio teorista con la sua ragazzina stampata negli occhi. Lui, Italo Svevo, alias Ettore Schmitz, di sicuro li conosceva tutti molto bene e uscendo dal Tergesteo dopo una delle sue serate con gli amici, chissà quante volte li avrà incontrati nelle notti di bora per le strade di Trieste, senza mai alzare neppure un dito per salvarli dalle sabbie mobili delle loro tutte diverse ma tutte inguaribili inettitudini.

O erano un'unica persona cui un fato generoso aveva dato la possibilità di vivere più vite?

Così dalle ceneri dell'inesperto e ingenuo assassino di via Belpoggio nasce Alfonso che se la cava già meglio. Se la vita comunque gliele suona e finisce per metterlo alle corde, almeno lui riesce a restituire qualche colpo. Dal criminale si passa all'inetto e all'inferno queste differenze contano. Emilio arraffa ancora di più: riesce a portarsi a letto una bella ragazza, ma al prezzo di quali bassezze! Poi arriva Zeno, più smaliziato degli altri. Solo con il suo nome sembra voler mettere le mani avanti. Xenos è uno straniero a questo mondo: non si può pretendere troppo da lui. Straniero anche per la sua coscienza, che impiega quattrocento pagine a esplorare e che per suo conto continua a rimestare anche il buon vecchio, mentre inchiodato a casa dalla malattia, aspetta di rimettere le mani addosso alla bella fanciulla del tram di Servola. Un'unica persona, dunque, che nelle sue molteplici sembianze diventa avvezza alla vita e anziché guarire della sua inettitudine ne contagia il mondo attorno a sé. "Da anni mi consideravo malato, ma di una malattia che faceva soffrire piuttosto gli altri che me stesso", scrive Zeno Cosini. Ma anche Ettore Schmitz, quanto a problemi di identità non scherzava. Comincia a pubblicare i suoi scritti con lo pseudonimo di Erode, poi passa a Ettore Samigli, si trasforma in Italo Svevo per ritornare più tardi Samigli, ma questa volta Mario. La psicanalisi conviene che cercarsi uno pseudonimo equivale a rinnegare il proprio nome, la propria persona. È un suicidio sulla carta, insomma. Ma anche nella ricerca dello pseudonimo, Ettore Schmitz vuole punirsi, come se avesse qualcosa da espiare. E lui, ebreo figlio di ebrei, sceglie il nome di uno degli ebrei più invisi al mondo cristiano: Erode. Non contento, dallo yiddish "schlemihl", che vuol dire buono a nulla, inetto, conia il nome italiano "Samigli". Ma *Un inetto* era anche il primo titolo di *Una vita* e c'è chi ha deformato *Senilità* in "schlemilità". Senza appesantire ulteriormente la diagnosi, ci sembra chiaro che anche Ettore deve figurare nell'elenco dei malati e tutto ci fa pensare che il buon vecchio del tram di Servola non sia altri che lui, Ettore Schmitz, alias Erode, alias Italo Svevo, ridiventato se stesso davanti alla morte.

Da un punto di vista clinico, il malato Giorgio-Alfonso-Emilio-Zeno-Italo-Ettore non fa che peggiorare. Dal criminale che era da giovane diventa maturando un romantico suicida e da vecchio degenera in un sozzo molestatore di fanciulle. Tutte le malattie che dovevano ucciderlo sembrano rinvigorirlo, ma è risaputo che i malati immaginari campano cent'anni e che le malattie mentali spesso preservano da quelle fisiche. Uccidere un amico per soldi, sbattersi la figlia del principale sul divano del suo salotto, proporre alla propria ragazza di sposare un altro uomo per fare di lei la propria amante e potersi vantare di cornificarne il marito, pigliarsi un ceffone dal proprio padre sul letto di morte, farsi rinchiudere in una clinica-lager per smettere di fumare, sposare una donna e desiderarne un'altra, andare al funerale di un amico e finire nel corteo funebre sbagliato, raccontare balle al proprio psicanalista, rimorchiare ragazzine in tram, è un curriculum da vero nevrastenico che senza uccidere può portare molto lontano sulla strada della pazzia.

In questo libro seguiremo le tracce di questo essere abominevole nei luoghi che lo hanno visto vivere, amare, uccidere e morire: Trieste, la città dove, come disse Raffaele La Capria, qualcosa che doveva succedere non si è mai compiuto e sempre incombe sulle sue strade, sulle sue piazze come una minaccia misteriosa o come una promessa dimenticata.

I luoghi dell'amore

Apparentemente, i luoghi dell'amore e del godimento sono equamente distribuiti sul territorio cittadino, come se Svevo non avesse voluto far torto a nessuno dei bei rioni di Trieste. In realtà la topografia sveviana svela un fitto via vai dal quartiere del giardino pubblico al Passeggio Sant'Andrea, attraverso il Corso, piazza della Borsa e le rive. Ancora oggi, dall'infanzia all'adolescenza e talvolta anche oltre, il giardino pubblico è la palestra di ogni relazione; lecita o illecita, prima di uscire allo scoperto, ogni coppia fa le sue prove su quelle panchine. I triestini sono molto affezionati al loro unico giardino cittadino e a Svevo era così caro che volle restarci anche dopo morto, sotto forma di busto, assieme ai suoi più fedeli amici, James Joyce, il pittore Veruda e ad altri illustri concittadini.

Se il giardino pubblico è il luogo dei giochi in tutti i sensi, il Tergesteo è invece il tempio degli affari. Al Tergesteo si danno appuntamento assicuratori e agenti di Borsa, non solo per prendere l'aperitivo. Al Tergesteo si va a comperare il giornale la domenica mattina, prima di andare al Caffè degli Specchi in Piazza Unità. Ai tempi di Alfonso Nitti vi si trovava ancora la sede del Lloyd. Il buon vecchio ci va a negoziare i suoi affari. Italo Svevo ci andava spesso, per le riunioni della società culturale Minerva dove incontrava i redattori dell'*Indipendente* sulle cui pagine Ettore Samigli pubblicò i suoi primi scritti. Così lo ricorda Silvio

Benco, quando ogni mattina arrivava al giornale, in via Sant'Antonio 3:

Era un lavoratore coscienzioso, puntuale e anche rapido, benché non senza pentimenti; ma tratto tratto, come annoiato, sollevava la testa dai fogli, e con la sua bella voce dalle appoggiature gravi, gettava qualche parola scherzevole sui fatti del giorno. Poi ripigliava la sigaretta e la penna e si rimetteva al lavoro con un sorriso paziente. Alle nove tutto doveva essere finito. L'ora della banca. Egli era in quegli anni un impiegato bancario.

Perché dal 28 settembre 1880 fino al 1899 Italo Svevo lavora presso la filiale triestina della Unionbank di Vienna che si trovava appunto nel palazzo del Tergesteo, sul lato che oggi dà sulla via Einaudi.

Poco lontano dal giardino pubblico, nella birreria Mondo nuovo, Brentani e Angiolina incontrano lo scultore Stefano Balli con Margherita, la sua triste e sottomessa amante. È la sera in cui il Balli deve insegnare al Brentani come si trattano le donne. Comincia coll'insegnargli come si trattano i camerieri, chiamando "bastardo, cane" quello del Mondo nuovo. Poi con il dito bagnato di birra disegna sul tavolo come avrebbe dovuto essere il naso di Angiolina e a Margherita che faceva i capricci per mangiare grida: "Bada, è l'ultima sera che passiamo insieme; non posso soffrire le smorfie io!" Non sappiamo quanto abbia assimilato il Brentani di quella lezione. Sappiamo invece che il Mondo nuovo non esiste più, ma su per giù nello stesso posto abbiamo trovato un'altra birreria. Nelle pareti rivestite di pino, nei rubinetti della birra alla spina con il manico di ceramica, patetico e patente salta all'occhio lo sforzo di imitare qualcosa di tirolese. Ma le uova sode esposte sul banco riportano bruscamente alla ruvida realtà di un'osteria triestina. È aperta soltanto di sera. Nel fumo viola, accanto a comitive di chiassosi studenti, abbiamo intravisto qualche coppietta che sapeva di losco, mani che si stringevano sotto i tavoli. Forse ancora oggi, dal giardino pubblico si passa direttamente in birreria. Per la tappa successiva ci si affida al consiglio della birra.

Nel borgo teresiano invece si trovava casa Maller, l'abitazione del potente banchiere padre di Annetta e padrone di Alfonso Nitti in *Una vita*. Più esattamente, nell'attuale via Machiavelli, allora via dei Forni. Abbiamo cercato una casa "bruna come tutte le altre e triste", che avesse un "aspetto signorile, le finestre più larghe, con qualche tentativo di ornato non privo di grazia". Sono ancora quasi tutte così. Ma ci piace pensare che la biblioteca con l'ottomana su cui Alfonso sedusse Annetta si trovasse all'incrocio con l'attuale via Trento, dove l'illuminazione si fa più rara e i lampioni ondeggianti sotto la bora gettano sulle case circostanti sinistri fasci di luce gialla. Di certo, non doveva essere lontana dal mare, perché è sulle rive che Nitti aspettando Annetta, cui aveva dato un appuntamento segreto, incontra invece il fratello della ragazza che lo sfida a duello. Era una sera d'inverno del 1892. Soffiava un vento di scirocco che bagnava ogni cosa. Poche ore più tardi Alfonso Nitti si sarebbe ucciso. Ma lontano di lì, in città vecchia.

Cinque anni dopo, nel 1897, Emilio Brentani, più prudente e più al passo con i tempi, comincia con il dare i suoi appuntamenti amorosi alla bella Angiolina lungo il Passeggio Sant'Andrea, una via panoramica fuori mano a ridosso del mare, a quell'epoca meta di incontri segreti. Allora era un luogo tranquillo, ingentilito dalla piccola stazione di Sant'Andrea e dalla spiaggia di sabbia fine. Oggi il fracasso del porto franco nuovo e della stazione di Campo Marzio rendono il luogo molto meno romantico. Ma accanto al cinema Ariston esiste ancora la balaustra contro la quale si baciavano Emilio e Angiolina quando "la luce lunare non mutava il colore delle cose e vi stendeva sopra un candore immoto ma di sotto il colore dormiva intorpidito, fosco, persino nel mare che lasciava intravvedere il suo eterno movimento, baloccandosi con l'argento alla sua superficie". Qui era quando le cose andavano bene e l'Angiolina ci stava. "Si trovavano sempre all'aperto. Si amarono in tutte le vie suburbane di Trieste. Dopo i primi appuntamenti, abbandonarono S. Andrea ch'era troppo frequentato e per qualche tempo preferirono la strada di Opicina, fiancheggiata da ippocastani folti, larga, solitaria, una salita lenta, quasi insensibile". Cercare oggi di nascondersi dagli sguardi indiscreti avventurandosi per la strada di Opicina è perlomeno pericoloso. La trafficata strada che da Trieste porta sul Carso offre ben poca intimità. Bastano due corse dell'autobus 39 perché qualsiasi flirt divenga di dominio pubblico in città.

Temporaneamente trasferiti i loro abboccamenti nei boschetti del colle al Cacciatore, in cima all'attuale via Giulia, i due amanti ebbero presto la sfacciataggine di incontrarsi in casa Zarri, dove Brentani brutalizzava Angiolina sotto le foto dei suoi ex amanti. A pochi metri dalla stanza del peccato, la madre della giovane sciantosa rammendava calzini e vecchia biancheria e chissà come avrà fatto a non sentir cigolare il letto. I due amanti frequentarono anche l'albergo a ore della signora Paracci, ma di questa rinomata casa non abbiamo trovato traccia. Doveva senz'altro essere uno dei locali che si trovavano dietro l'attuale via Diaz, come la casa di tolleranza Il metro cubo, frequentata anche da James Joyce durante il suo soggiorno triestino. A un primo piano di via della Maiolica abbiamo invece trovato l'agenzia Amsterdam. Un foglio appiccicato dietro il vetro del portone dice che si affittano camere. Suoniamo. La signora Maria esita prima di togliere la catenella alla porta. Ci fa entrare in un atrio buio. Nel mezzo troneggia un altarino coperto d'un drappo nero. Quattro lumini da cimitero illuminano alcune vecchie foto e un poker di santini. Domina il teatrino delle devozioni un Gesù dal cuore acceso dietro cui pende un rametto d'ulivo. Varchiamo la porta vetrata che dà su un corridoio. La camera libera è la seconda di quattro. Nella prima ci sta il signor Francesco, nella terza, un operaio di Rimini che lavora ai cantieri navali, nella quarta non si sa. La signora Maria entra e va ad aprire le finestre. Due letti, un armadio, due sedie e un tavolino sono tutto l'arredo della stanza. Non c'è termosifone: ci si scalda con una stufa catalitica e la bombola si paga a parte. Il bagno è di fronte. Quello è riscaldato a legna e la sera c'è sempre l'acqua calda. Ma se si vuole fare il bagno bisogna avvertire. Poco più avanti lungo il corridoio c'è anche una piccola cucina. Da dietro la porta si sente gracchiare una radio e a tratti la voce di qualcuno che parla da solo. La signora Maria indica la stanza dell'operaio di Rimini poi con lo stesso dito si tamburella la tempia. Il parquet scricchiola. L'operaio di Rimini ci sente passare. Abbassa il volume e si affaccia alla porta. È un signore magro, sulla cinquantina. Porta spessi occhiali da vista. Le stanghette sono aggiustate con lo scotch. In canottiera, scalzo, tiene in mano una radiolina che gracida ancora. Sul pavimento sono rimaste le impronte dei suoi piedi bagnati. Sopra il tavolo di marmo scorgiamo un giornale aperto, un cartoccio di pesce fritto, un fiasco di vino e una *Settimana enigmistica* aperta alla pagina delle parole crociate a schema libero. Accanto al secchiaio c'è una sedia e sotto un catino azzurro con dentro un'acqua saponata. L'operaio ci squadra uno per uno e richiude la porta senza neppure salutare. La signora Maria fa una smorfia con la bocca e abbassando lo sguardo si tamburella di nuovo la tempia. Nella grande stanza che fa da cucina, tinello e salotto ci accoglie il padrone di casa, il signor Amsterdam. È un tipo tracagnotto, sulla sessantina. Porta un basco nero tirato fin sopra gli occhi. Sull'incerata della tavola ha preparato un bottiglione di vino. Ne versa due bicchieri colmi fino all'orlo. Per la signora Maria niente. Del resto se n'è già andata richiudendo la porta. Tira fuori due sedie da sotto il tavolo facendo scappare qualche gatto e ci invita a sederci. Gli facciamo i complimenti per il vino. È Terrano, ci dice. Roba genuina. Viene da Buie. Lo fa suo fratello che è rimasto di lì. Vuota il bicchiere e lo allontana da sé per farci capire che è ora di parlare d'affari. Il prezzo della stanza comprende luce, affitto, lenzuola e asciugamani. Si paga al primo del mese. Gli strumenti musicali sono vietati. I gatti anche. Ce n'è già abbastanza, spiega caustico guardando verso la porta da dove è uscita la signora Maria. La radio è consentita, ma si spegne alle dieci. Ringraziamo e diciamo che vogliamo riflettere prima di decidere. Si alza per salutarci, ci stringe la mano, ma ha capito che non ci vedrà più. Con perfetto tempismo, sulla porta appare la signora Maria che ci scorta fuori.

Anche se cambiare il luogo non cambia la sostanza della relazione di Emilio e Angiolina, bisogna ammettere che al riparo di un tetto le cose fra i due andavano meglio. Forse era l'umidità a innervosirli. La sera che si diedero appuntamento al giardino pubblico di via Giulia, stringendole il braccio, egli le aveva chiesto: "Mi vuoi bene almeno quanto iersera?" e lei aveva risposto bruscamente: "Sì, ma non sono mica cose che si dicano ad ogni istante". Molto peggio andò invece il loro ultimo appuntamento, di nuovo al Passeggio Sant'Andrea, quando Emilio "si chinò, cercò un sasso e non trovandone raccolse delle pietruzze che gli scagliò dietro. Il vento le portò e qualcuna dovette colpirla perché ella gettò un grido di spavento; altre furono fermate dai rami secchi degli alberi".

"La casa di Angiolina era situata a pochi metri fuori della via Fabio Severo. Grande e alta in mezzo alla campagna, aveva tutta l'aria di una caserma." Oggi in via Fabio

Severo di campagna non c'è più traccia, ma la casa di Angiolina dev'essere uno di quei fabbricati austeri che ancora si trovano dirimpetto alla salita di via di Romagna. La sera di Carnevale che Angiolina trascorre con l'ombrellaio di largo Barriera Vecchia, per la via di Romagna Emilio cerca di intercettare il suo ritorno a casa. Poco lontano di lì, in corsia Stadion, l'attuale via Battisti, viveva Carla Gerco, l'amante di Zeno Cosini. È il 1923 e Zeno scrive di abitare una villa da cui si ha la vista del porto e dell'Istria lontana. Lo stesso panorama che si offriva a Italo Svevo quando s'affacciava alle finestre del suo appartamento, al secondo piano di Villa Veneziani, la vecchia casa che il suocero dello scrittore aveva restaurato accanto alla sua fabbrica di vernici marine. Distrutta durante i bombardamenti del 20 febbraio 1945, oggi Villa Veneziani non esiste più. Al suo posto, al numero 20-21 di via Italo Svevo, abbiamo trovato una fila di orrendi condomini e un cortile adibito a parcheggio. Ma se anche esistesse ancora, dalle finestre di casa sua oggi Svevo non vedrebbe né Istria né mare. Perché sul lato opposto della strada corre il nuovo raccordo autostradale sopraelevato, sotto passa la ferrovia e in lontananza si stagliano i capannoni dello scalo legnami. Si fa fatica a immaginare qualcosa di bello in mezzo a tanto ciarpame industriale. Eppure la villa dove Svevo visse più di trent'anni doveva essere davvero elegante. Così la descrive Livia Veneziani:

Man mano che l'agiatezza aumentava, essa veniva continuamente abbellita e resa più comoda. Mio padre aveva preparato i disegni per gli stucchi del salone da musica, tutto chiaro, in stile settecentesco veneziano. Era l'unica casa padronale della zona industriale, fra le masse delle officine, dei cantieri e i parallelepipedi delle fabbriche sorte più tardi. Un glicine si arrampicava sul pergolato e adornava la facciata. L'atrio era piuttosto ristretto. Spaziosa invece si apriva la sala da pranzo con le magnifiche vetrate colorate e i lampadari di corna di cervo fatti venire dalla Russia. Seguivano la grande sala di musica, la veranda e i due salotti con divani soffici, cuscini e tappeti.

Una vera casa di bambola, insomma, dove Italo Svevo poteva dedicarsi indisturbato alla sua scrittura, appagato dal casto amore coniugale. Una casa che lo aveva reso felice. Pochi anni prima, da premuroso fidanzato, ogni giorno, e spesso in bicicletta, Svevo attraversava tutta la città per portare alla sua promessa il caffè in ghiaccio.

Vivacissimo, mi teneva costantemente allegra con una filza di battute spiritose e spesso con me e le mie cugine giocava ai quattro cantoni,

ricorda Livia Veneziani. Tutto fa dunque pensare che lo scrittore nella sua nuova casa ci stesse a meraviglia e da bravo marito conducesse una vita sana e misurata. Anche la moglie sembra testimoniarlo, registrando le abitudini del marito:

Si alzava alle sei e trenta; alle sette andava in fabbrica, a mezzogiorno tornava per la colazione. Dopo colazione si concedeva due ore di riposo in famiglia. Una poltrona e un buon sigaro.

Eppure qualcosa lascia pensare che non fosse proprio così, che questa tanto declamata serenità celasse un'incurabile inquietudine. A Trieste c'è chi ricorda ancora che proprio sotto il pergolato di glicine che ornava la villa, al sicuro da sguardi indiscreti, quando incontrava la bella cognata o qualche altra formosa parente, a Italo Svevo scappasse di allungare le mani. In famiglia il vizietto era risaputo e in una certa misura tollerato. Quando qualche signora della famiglia, entrando in casa accompagnata dallo scrittore mostrava un broncio inabituale, voleva dire che, sotto il pergolato, Italo aveva esagerato. Si racconta anche della sua mania di prendere in braccio le nipoti dodicenni stringendo le loro giovani cosce sotto le sottane. Quando, arrossite e imbarazzate, le nipotine si divincolavano, lo zio ridendo esclamava: "Backfisch, backfisch!" che in tedesco vorrebbe dire "né carne, né pesce!". Credeva così che i suoi palpeggiamenti passassero inosservati. Ma oggi a Trieste c'è ancora chi se ne ricorda. Leggendo fra le righe della *Vita di mio marito* scritta da Livia Veneziani, emerge che Italo Svevo non era poi tutto casa e fabbrica come si vuol far credere.

Intanto, appena dopo il matrimonio, invocando il suo animo semplice e poco avvezzo a gioielli e preziosi, chiese e ottenne dalla moglie di non portare più la fede: "Mi strangola!" spiegò. Poi cominciò a viaggiare per l'Europa. Gli affari lo portarono in Austria, in Francia, in Italia e in Inghilterra, dove addirittura comperò casa a Londra. Nei lunghi soggiorni londinesi, la moglie sostiene che

portò con sé il violino e nella solitudine della metropoli si dilettava per ore e ore in esercizi e studi.

Noi abbiamo raccolto una testimonianza diversa, secondo la quale Svevo sarebbe stato succube di un ben diverso passatempo, piuttosto vizioso. Lo stesso cui si lasciava andare Zeno Cosini senza mai arrivare all'ultima, lasciando intendere al suo psicanalista che si trattasse di sigarette.

Anche Zeno e Carla, come Emilio e Angiolina si danno appuntamento al giardino pubblico. A poca distanza, in viale XX Settembre, c'è la casa natale di Svevo ed è lì che la sua futura moglie Livia Veneziani lo conobbe, quando lo scrittore ancora lavorava alla Unionbank e nelle prime ore del pomeriggio rincasava per pranzare. Abbiamo visto che un filo segreto lega la zona del porto, del Passeggio Sant'Andrea alla piazza della Borsa e al quartiere del giardino pubblico. Forse lo stesso che lega Angiolina a Carla Gerco. Perché Angiolina Zarri è esistita davvero. Scrive la moglie di Svevo:

Angiolina non è una creatura immaginaria, ma un personaggio reale. Era una fiorente ragazza del popolo. Si chiamava Giuseppina Zergol e finì cavallerizza in un circo.

A quei tempi a Trieste le "ragazze del popolo" erano spesso slovene dell'entroterra. E se si analizza il nome "Zergol" ci si accorge che in sloveno lo si scriverebbe "Cergol". Da "Cergol" a "Gerco" il passo è breve. Ma se Carla può diventare Angiolina, cosa impedisce a Emilio di diventare Zeno e a entrambi di trasformarsi in Italo? In altre parole, viene forte il sospetto che anche Svevo avesse qualcosa da nascondere nel quartiere del giardino pubblico. Cosa ci veniva a fare in quelle strade così lontane da casa e dalla fabbrica di vernici marine di suo suocero? Troviamo tracce di sue peregrinazioni piuttosto sospette anche nelle pagine di Livia Veneziani:

Soleva fare a piedi la via non breve dalla nostra casa di Servola alla piazza della Borsa,

racconta la moglie. Guarda caso è la stessa strada che fa il vecchione del racconto *Il buon vecchio e la bella fanciulla*. Lui però prende il tram, quello di Servola, ed è lì che rimorchia la bella fanciulla. Oggi il tram di Servola non c'è più, si può prendere l'autobus 8, che fa lo stesso percorso. Ma come avremo modo di vedere, di belle fanciulle ce n'è rimaste poche: ci viaggiano solo vecchiette. E sempre a piedi Svevo non doveva andare, se scrisse e pubblicò sulla *Nazione* i racconti *Noi del tram di Servola*. Pare che il tram 2, in servizio sulla linea elettrificata che collegava la collina di Servola con la periferia meridionale della città, fosse spesso in ritardo. O era quel che raccontava a casa Italo Svevo per giustificare certe sue prolungate assenze? Oppure il tram era in perfetto orario ma era lui che scendeva alla fermata sbagliata? Da certi indizi, sembra che sbadato lo fosse davvero. Scrive ancora la moglie:

Un giorno cercò a lungo, invano una cravatta rossa: non gli fu possibile trovarla. Quando tornò a casa, dopo un violento acquazzone, vidi che, camminando, lasciava dietro di sé una scia rossa che mi parve sangue. Spaventata, gli accennai la gamba, e ritrovammo la cravatta rossa attorcigliata attorno alla caviglia.

Abbiamo fatto alcune prove, e abbiamo concluso che il modo più efficace perché una cravatta finisca attorcigliata alla caviglia è farla scivolare per sbaglio nei pantaloni, magari infilandoseli in fretta nella camera di Carla Gerco.

Gli incontri amorosi di Zeno con Carla Gerco si tennero sempre in corsia Stadion, mai all'addiaccio, lungo le strade battute dal vento come quelli di Emilio e Angiolina. Carla Gerco abitava un primo piano cui si accedeva da una "scala dall'odore dubbio". Anche Augusta Malfenti, la futura moglie di Zeno, abitava un primo piano: ci volevano quarantatré scalini per raggiungerlo. Annetta Maller e Angiolina Zarri abitavano invece un secondo piano. Carla Gerco riceveva il suo amante in uno studiolo, dove lui fingeva di darle lezioni di canto e lei di interessarsene. Per passare al sodo, disponevano di una stanzuccia disadorna, che Carla usava solo in quei frangenti. Anche Carla abitava con la madre che quando non voleva vedere quel che succedeva in casa sua, o si toglieva gli occhiali o usciva.

Il buon vecchio del tram di Servola catturava le sue prede con l'esca del cibo. In tempo di guerra funzionava a meraviglia. Anche lui doveva abitare dalle parti di Sant'Andrea se prendeva il tram di Servola per andare al Tergesteo e aveva l'abitudine di passeggiare lungo le rive. La prima sera che invita la bella fanciulla a cena le offre scatolette di cibi prelibati, Champagne e dolciumi: "Il vecchio in cospetto dei dolci e dello sciampagna assunse un aspetto paterno".

Guarda caso, più di vent'anni prima, nei boschetti del

colle al Cacciatore, così se la passavano Emilio e Angiolina: "Sedevano accanto a qualche albero e mangiavano, bevevano e si baciavano. I fiori erano presto scomparsi dalla loro relazione e avevano ceduto il posto ai dolci che poi ella non volle più per non guastarsi i denti. Subentrarono i formaggi, le mortadelle, le bottiglie di vino e di liquori, roba già molto costosa per la scarsa borsa d'Emilio". E così ancora una volta si chiariscono certi comportamenti balzani di Svevo, sempre registrati nelle pagine di Livia Veneziani:

Quel giorno era uscito con centocinquanta lire per fare un acquisto urgente per la fabbrica ed era rientrato dopo alcune ore senza aver trovato l'oggetto, ma con in mano un bel pacchetto di dolci e centosessanta lire nel portafoglio. Non si poté mai sapere dove le avesse prese.

Palesemente, anche Svevo come il buon vecchio e come Emilio Brentani regalava dolciumi in cambio di altri favori. Ma quel giorno qualcosa era andato storto.

Di questi scambi i personaggi sveviani non si vergognavano per niente. Nella Trieste del commercio anche questi erano affari, e onestissimi. Del resto, così riflette Emilio Brentani:

"Che cosa era l'onestà a questo mondo? L'interesse! Le donne oneste erano quelle che sapevano trovare l'acquirente al prezzo più alto, erano quelle che non consentivano all'amore che quando ci trovavano il loro tornaconto".

Nei libri di Svevo, tutte le donne si comperano: coi dolciumi Angiolina Zarri, a suon di quattrini Carla Gerco, di nuovo con le leccornie la ragazza del tram di Servola. Quelle che non si possono comperare si violentano, come Annetta Maller: "La costrinse bruscamente, frettoloso e brutale, e in apparenza almeno fu un tradimento, un furto". Trieste diventa così un grande bordello: il Passeggio Sant'Andrea è il boudoir dove si incontrano le belle signore, si scherza, si insinua, si palpeggia, il Corso è la scala illuminata che porta ai piani di sopra e il quartiere del giardino pubblico è l'alcova dove si paga e si consuma.

I luoghi della paura

Il corso Italia è lo spartiacque fra l'amore e il dolore, fra la padronanza di sé e lo smarrimento, fra la lucidità e la pazzia, fra la vita e la morte. Lungo il Corso vaga l'assassino di via Belpoggio in preda al rimorso, per il Corso passa Emilio Brentani quando torna dalla sorella malata dopo i suoi appuntamenti con Angiolina e sempre il Corso attraversa Alfonso Nitti per raggiungere la sua stanza in affitto presso la famiglia Lanucci, in città vecchia. Sembra che una forza oscura, una freccia avvelenata soffiata dalla cerbottana di chissà quale stregone colpisca i personaggi sveviani quando si avventurano nel canale buio e ventoso del corso Italia. Ma abbiamo scoperto che una cupa leggenda avvolge la storia della via più passeggiata di Trieste. Nelle osterie della città vecchia si racconta che ancora oggi, all'ora dello struscio, passi per il Corso un uomo alto più del normale, vestito di nero, con il pallore della morte in volto e uno sguardo di atroce tormento. Vaga fra la folla chiassosa e l'ignaro passante su cui fissa il suo occhio funereo è destinato a una prossima morte. Fino al Settecento una sinistra collina, a ridosso del colle di San Giusto, occupava gran parte dell'attuale Corso: la collina di Montuzza, in cima alla quale venivano impiccati i condannati rinchiusi nelle prigioni del castello. Nell'alba tetra dei giorni d'esecuzione il loro grido si mescolava a quello della bora e scivolava di strada in strada facendo rabbrividire i passanti. L'uomo nero è la personificazione di quel grido: chi lo incontra rabbrividisce e muore.

Per l'impiegato di banca Alfonso Nitti, il luogo della paura per eccellenza è la banca Maller, popolata da lugubri personaggi come il capo corrispondente Sanneo, il procuratore Cellani o il "fante Alchieri, tenente d'artiglieria pensionato per debolezza di petto". Molti indizi ci fanno pensare che la banca Maller si trovasse nella zona di piazza della Borsa, se Alfonso Nitti, che abitava in città vecchia, "aveva da camminare per oltre un quarto d'ora per andare dall'ufficio a casa". Minuto più minuto meno, con il passo spedito del travetto di buone speranze, dalla città vecchia, dopo un quarto d'ora ci si trova davanti agli uffici dell'attuale Credito italiano. È forse proprio là dentro che il protagonista di *Una vita*, passa le giornate a ricopiare lettere in bella copia sotto il tirannico sguardo del suo capo ufficio. "Nella sua luce uguale, le pareti pitturate a imitazione marmo, le lastre delle porte illuminate più fortemente, così, senza penombre, il corridoio deserto sembrava uno di quei quadri fatti a studio di prospettiva, complicati, ma solo di luce e linee." Questo è il paesaggio che accoglie il giovane bancario il suo primo giorno di lavoro. Per lui che veniva dalla campagna, chiudersi fra quelle anguste pareti era davvero una tortura. Ma neppure all'aria aperta si sentiva bene e perfino l'asciutto clima marino trovava insalubre. Nella sua prima lettera alla madre, scrive: "Qui respiriamo un'aria affumicata, che al mio arrivo ho veduto poggiare sulla città, greve, in forma di un enorme cono, come sul nostro stagno il vapore d'inverno, il quale però si sa che cosa sia; è più puro". E ancora, dal finestrino del treno, così Alfonso vede Trieste: "Era grigia e triste, una nube sempre più densa sul capo sembrava da essa prodotta perché a lei unita dalle sue nebbie". Sembrerebbe una foto di Hiroshima il 9 agosto 1945, invece è Trieste, che a quell'epoca contava appena 176.000 abitanti, niente automobili, niente motorini, solo qualche tram trainato da cavalli. Ma già allora per Alfonso Nitti, l'inquinamento era un problema e il jogging un dovere. Da vero yuppie *ante litteram*, "faceva ogni mattina una passeggiata di più ore e solitamente verso l'altipiano, perché gli occorreva la fatica della salita. Percorreva tutta la lunga strada di Opicina spaziosa e comoda, la quale, lunghissima, con debole salita, in un solo giro, enorme semicerchio attorno alla città, lo portava sino all'altipiano". Una sera in casa Maller, così descrive Alfonso la sua nostalgia per il villaggio natio e la sofferenza che la vita cittadina gli causava: "Raccontò che prima di tutto era una malattia organica perché soffrivano i polmoni per la differenza dell'aria, lo stomaco per la differenza dei cibi, i piedi per la differenza del selciato. Quello che però rinunziava a descrivere era l'intensità del desiderio di rivedere i luoghi che aveva abbandonato, un muro nero, una via tortuosa col canale nel mezzo, infine una stanza incomoda mal riparata dalle intemperie; e non poteva descrivere l'aborrimento per il palazzo in cui abitava, alludeva a quello della banca, la via grande, spaziosa, e persino il mare". Già così si vede che era un ragazzo con dei problemi e qualche pagina più tardi non ci sorprende di leggere che "non poteva dedicarsi che ad una sola occupazione, quella di seguire per lunghi tratti di via qualche gentile figura di donna, ammirandola timido e vergognoso". Lo troviamo così affaccendato in via del Corso e in via Cavana, poi in via Santissimi Martiri, sempre all'inseguimento di "qualche donna, ma soltanto quelle ben vestite, perché l'oggetto dei suoi sogni era tutt'altro che pezzente e ad ogni corsa poteva illudersi di trovarlo". Più o meno la stessa perversione di Zeno Cosini, che trent'anni più tardi confessa: "Pensai alle donne che correvano per le vie, tutte coperte, e delle quali perciò gli organi sessuali secondari divenivano tanto importanti mentre dalla donna che si possedeva scomparivano come se il possesso li avesse atrofizzati". C'è da chiedersi come si comporterebbero Zeno e Alfonso passeggiando per Trieste oggi, magari in una bella giornata di giugno, quando i marciapiedi sono tutta una sfilata di cosce abbronzate e lucide, di scollature aulenti, un frusciare di vestiti leggeri, appena appoggiati sui corpi, fra soffici profumi di doccia e ariose capigliature all'aroma di frutta. Probabilmente si butterebbero ansimanti sulla prima venuta prendendosi suon di ceffoni e colpi di karatè a raffica. *L'idea morale nel mondo moderno* era il titolo dell'opera filosofica che Alfonso Nitti si riprometteva di scrivere. Per questo andava ogni sera alla biblioteca civica di piazza Hortis con le migliori intenzioni di studiare e prepararsi alla redazione del suo lavoro che, nelle sue speranze, avrebbe rivoluzionato la filosofia moderna. Ma non andò mai oltre la prefazione. E per fortuna. Chissà a quali teorie sarebbe arrivato uno che rincorreva le donne per strada!

La biblioteca civica per Alfonso Nitti è un luogo di solitudine e di esaltazione. Nella "sala di lettura tutta occupata da tavoli disposti parallelamente", divora volumi su volumi, proiettando sui vetri neri delle alte finestre i suoi sogni di gloria e di celebrità. "Con le sue ore fisse, la biblioteca lo legava, apportava nei suoi studi la regolarità ch'egli desiderava. La frequentava assiduamente anche perché la sua stanza in casa Lanucci era poco adatta a studiarci. Piccola, a mezzo occupata dal letto, di rado visitata dal sole, era disaggradevole e non era facile pensare su un tavolinetto rotondo di cui le quattro gambe non toccavano mai contemporaneamente il pavimento." Casa Lanucci, in città vecchia, è la tana di tutte le paure: là si nascondono come topi, e di notte escono a mordere Alfonso nel sonno. È nella stanza appena descritta che

Alfonso si toglierà la vita. Là dentro il giovane Nitti scrive le sue tristi lettere alla madre, sognando la sua Annetta e piangendo. Non perché "l'amore gli avesse cacciato le lacrime agli occhi ma bensì, come sempre da lui, per compassione di se stesso". Nel tinello grigio dietro la porta si consuma un altro dramma, quello di Lucia Lanucci, ingannata dal tipografo Gralli che la mette incinta e l'abbandona. In uno slancio di altruismo, Alfonso va a parlare con questo Gralli. Lo va a cercare nell'osteria dove passa le serate, in via degli Artisti, per convincerlo a sposare Lucia. Seduto a un tavolo, il Gralli beve vino e alza le spalle quando Alfonso gli fa notare che il torto commesso va riparato. Non ha i soldi per mantenere una moglie, si giustifica. Ma alla fine le settemila lire che gli offre Alfonso lo convincono a sposare Lucia. Fu senz'altro la valuta estera ad attirarlo. Perché a Trieste nel 1897 c'erano i fiorini, quelli austriaci. Non sappiamo quale fosse il cambio fiorino-lira nel 1897, ma nel 1918, quando l'Austria perde la guerra, mille fiorini austriaci valgono seicento lire. Poca roba: il prezzo di un buon cappotto. Oggi a Trieste con l'equivalente di settemila lire si può comperare mezz'etto di baccalà mantecato.

La via degli Artisti è ancora buia come la descrive Svevo. Fra saracinesche arrugginite e cornicioni cadenti, troviamo un bar, il Caffè degli Artisti. Arredato con poltroncine e specchi come un minuscolo caffè viennese, oltre all'Hotel Parenzo, è l'unico locale della via. Ma non ha nulla dell'aspetto losco che doveva avere l'osteria del Gralli. L'unico cliente sfoglia il giornale su un tavolo mentre chiacchiera con il barista. Ordiniamo un caffè corretto anice, ma l'anice non c'è e il Pernod non è la stessa cosa. Segno inequivocabile che la clientela non è più quella del tempo del Gralli. Artigiani, operai e facchini del porto non vengono più qui.

Nelle serate a casa Maller, Alfonso conosce l'avvocato Macario, cugino di Annetta. Lo incontra di nuovo per caso alla biblioteca civica. Macario dice di venirci per leggere Balzac. Uomo di pochi studi, l'avvocato ama stupire e incanta Alfonso con le sue balzane teorie sulla creazione, sul naturalismo e sull'abbordaggio delle donne. Soprattutto quest'ultimo tema affascina molto Alfonso. Nelle passeggiate lungo le strade circostanti la biblioteca, dove Alfonso usava abbandonarsi ai suoi inseguimenti onanistici, l'avvocato impartisce al bancario lezioni di strategia: "Per saper prendere una donna che vuole darsi ci vuol poco, ma già tanto che la persona più astuta non ci arriva. Bisogna sapere il quando, perché anche una donna che vuole non vuole sempre. Con le donne indecise poi, alle quali bisogna apportare una convinzione e toglierne un'altra, è cosa tanto difficile che io che pur so fare non mi ci sono mai messo". Presto fra i due nasce una specie di amicizia intellettuale. O almeno così Alfonso credette, quando fu invitato da Macario a una gita in barca. Una mattina di burrasca, i due si avventurano in mare sul cutter dell'avvocato. La barca taglia velocemente l'acqua trascinata dal forte vento. Alfonso ha paura. "S'era proposto di far mostra di grande sangue freddo, ma i propositi non bastarono all'improvviso spavento. Poté trattenersi dal gridare ma balzò in piedi e si gettò dall'altra parte sperando di raddrizzare la barca con il suo peso." Invece di rassicurare l'amico, Macario gira il dito nella piaga e mentre il cutter passa "davanti al verde Sant'Andrea" paventa l'eventualità di un ritorno a nuoto. Alfonso rabbrividisce e l'avvocato, ridendogli in faccia, si dilunga in raccapriccianti considerazioni sulla paura: "Muore maggior numero di persone per paura che per coraggio. Per esempio in acqua, se vi cadono, muoiono tutti coloro che hanno l'abitudine di afferrarsi a tutto quello che è loro vicino. Si muore precisamente nello stato in cui si nasce, le mani organi per afferrare o anche inabili a tenere". Al rientro in porto, Alfonso è spossato. Come dicono a Trieste, "Cicio no xe per barca", dove per "Cicio" s'intende il contadino slavo dell'entroterra. Alfonso Nitti non era slavo, ma anche lui, probabilmente friulano, non era nato per solcare i mari. E neanche per avventurarsi nella complicata vita cittadina.

Alla biblioteca non tornò mai più perché fu preso nel vortice della seduzione e della vanità che lo avrebbe annientato.

La biblioteca civica come era ai tempi di Svevo ce la descrive Scipio Slataper:

Un'anticamera con due panche e due tavoli, dove l'acqua d'inverno può gelare senza riguardi: è la prima sala. La seconda, vera, eccola qui: grande come un'aula scolastica; tre tavoli con trenta sedie; un banchetto di quelli per scrivere in piedi, sostenente i cataloghi: la metà circa delle lettere dell'alfabeto; due scaffaloni murali di enciclopedie e dizionari e traduzioni non previste nei classici dei ginnasi e licei; vicino al tavolo della consegna e della riconsegna uno scrittoio per il vice bibliotecario; dall'altra parte, in fondo, il tavolino dell'impiegato per i prestiti; un altro accanto che funziona come può da sala di studio, dietro al quale sta una libreria. Una stufa; sui muri grigi, nerastri, neri, attaccapanni, due o tre incisioni. I libri, per mancanza di spazio, sono accumulati alla rinfusa negli angoli, sotto le tavole, nei vani delle finestre: chi li trova? e, trovati, in che stato di conservazione! Sicché uno non può studiare in pace per il cicaleccio degli studenti traduttori: è una sola la traduzione stampata in voga, e tanti i bisognosi! Onde si dispongono in giro: uno legge, gli altri ascoltano, interrompendo di tratto in tratto con commenti, discussioni, facezie. Ancora: regnando sovrana l'incuria, tignola massima delle biblioteche, molti libri non si trovano più.

Oggi la biblioteca civica più che paura suscita noia. Fra tavoli color grigio finanza e cassetti di schedari ingialliti, vi sbadigliano pochi studenti tristi e qualche pensionato a caccia di antenati. Da qualche parte ronza un computer. Nel corridoio dei gabinetti una ragazza singhiozza rannicchiata contro il telefono. Un muro coperto di scritte, di date e di cuori banalizza i suoi sospiri, li confonde con tutti gli altri. Da una scala buia arriva un'aria muffosa, un odore di vecchia scuola o di caserma. Anche Italo Svevo passava le sere qui dentro a farsi una cultura leggendo i classici italiani. Anche per questo, al secondo piano gli hanno dedicato un museo. Il Museo Italo Svevo è una vetrina di triestinità. Entrando, si ha l'impressione di piombare nella camera da letto di una zia malata o nello studio di un vecchio notaio rimbambito che ci prende per parenti lontani venuti in visita dopo tanto tempo. Così ci accoglie la curatrice del museo, spingendoci verso un altarino di raso rosso, zeppo di fotografie. Dopo una sbrigativa spiegazione, davanti alle nostre esitazioni si spazientisce. Come si fa a non sapere chi è Letizia e quand'è morta! Ci pianta in asso andando ad accogliere visitatori che spera più preparati ma in un ultimo slancio didattico ci indica un mobile che sembra un confessionale: "Quello era il suo armadio!" Recuperiamo credibilità quando la donna si mette al computer e ingiunge a tutti gli astanti di ascoltarla, ché quel che sta per dire lo dirà una volta sola. "Chi de voi sa cossa xe un CD-ROM?" Alziamo la mano e guadagnamo subito molti punti. La curatrice schizza da un link all'altro, clicca su foto, disegni e lettere autografe facendo comparire scene di film, ritratti d'epoca e vecchie vedute di Trieste. "Come che el xe bel 'sto CD-RUM!" esclama una vecchietta in prima fila, estasiata da tanta tecnologia. La curatrice rabbrividisce. Molla il mouse infastidita e corregge: "Se disi CD-ROM!, no CD-RUM!" Per la malcapitata è la fine. Quel grossolano lapsus le verrà rimproverato durante tutta la visita e la rincorrerà anche quando se ne sarà andata. All'uscita, la curatrice molto gentilmente ci offre una copia del CD-ROM, ancora ammonendoci che "se disi CD-ROM, no CD-RUM come la diseva quela!"

Un altro luogo della paura è l'appartamento di Emilio Brentani, dove sua sorella Amalia finisce per morire. "Il quartierino si componeva di tre sole stanze alle quali, dal corridoio, si accedeva per quell'unica porta. Perciò, quando capitava qualche visita nella stanza di Emilio, la sorella si trovava prigioniera nella propria ch'era l'ultima." In quella stanza Amalia morirà, in preda alla febbre e alla pazzia, mentre Emilio corre al suo ultimo appuntamento con Angiolina. Emilio ha paura anche della malattia della sorella, perché "l'uomo debole teme il delirio e la pazzia come malattie contagiose". Non sappiamo l'esatta ubicazione dell'appartamento da cui Emilio badava a tenersi ben lontano. Doveva trovarsi più o meno a metà strada fra Sant'Andrea e via Fabio Severo, ma non in città vecchia che era il quartiere dei poveracci.

L'unica volta che Zeno Cosini ha davvero paura è la notte in cui veglia il padre morente. È pieno inverno, fa un tempo da lupi. Fuori c'è la neve alta e questo fa pensare che Svevo confonda la casa di Zeno con la sua villa di Opicina, dove scrisse gran parte della *Coscienza di Zeno*. Perché Zeno abitava in città, nella zona di Sant'Andrea, e raramente nevica così vicino al mare. "La stanza di mio padre, non grande, era ammobiliata un po' troppo. Alla morte di mia madre, per dimenticare meglio, egli aveva cambiato di stanza, portando con sé nel nuovo ambiente più piccolo, tutti i suoi mobili. La stanza illuminata scarsamente da una fiammella a gas posta sul tavolo da notte molto basso era tutta in ombra." In questa stanza, sdraiato su un sofà, Zeno piange "le sue più cocenti lacrime" e poche ore dopo, in un ultimo rantolo, il padre gli appioppa il famoso ceffone. Tutti i grandi drammi dei romanzi di Svevo si consumano in stanzette anguste, di preferenza nel cuore della notte, quando fuori soffia la bora. Non sono mai le disgrazie a uccidere, ma le malattie. Perché la vita umana "somiglia un poco alla malattia come procede per crisi e lisi ed ha i giornalieri miglioramenti e peggioramenti". Ma a "differenza delle altre malattie la vita è sempre mortale". Anche il suicida Alfonso Nitti in fondo muore di malattia: un incurabile mal di vivere. Per Carolina, la madre di Alfonso, la differenza fra la vita e la morte si riduce a una semplice questione di temperatura. "La vita dunque proprio non era che un poco di caldo" constata l'avvocato del paese mentre veglia la morta. Siamo nel villaggio di Alfonso, "un gruppo di case gettato là in un cantuccio dell'immensa e verde vallata attraversata diagonalmente dalla ferrovia", con una "strada principale tortuosa ma linda" che "s'allarga in una piazza nel cui mezzo sta la casa del Creglingi, bassa e piccola, col tetto in forma di cappello calabrese". Il Creglingi è l'unico bottegaio del paese. Vende di tutto: "carta, chiodi, zozza, sigari e bolli". Svevo non ci dà molte altre indicazioni sul luogo. Alcune descrizioni ci fanno intuire che siamo ai piedi del Carso, all'inizio della pianura friulana: "L'autunno aveva già spogliata la valle e così nuda tradiva la vicinanza della regione dei sassi". Ma aggiungendo a questi indizi la prossimità del Carso e la presenza della ferrovia otteniamo l'identikit di Lucinico, il villaggio dove, allo scoppio della Prima guerra mondiale, Zeno Cosini, ormai anziano, passeggiando per i campi finisce oltre le linee austriache. In cerca di rose da offrire alla moglie, Zeno si attarda a conversare con un contadino. Ma forse il suo attardarsi non è casuale. Perché là accanto c'è la figlia del contadino, la quattordicenne Teresina, che aiuta i suoi genitori in campagna. Zeno l'aveva già incontrata il giorno prima, sola su un viottolo con il suo asinello. Ormai vecchio e debole, ma sempre arzillo quando si tratta di rincorrere ninfette, per mettere le mani addosso alla ragazza comincia da molto lontano: si mette dapprima ad accarezzare l'asinello e con movimenti accerchianti fa scivolare la mano sul braccio della ragazza. Per essere ancora più esplicito sulle sue intenzioni le caccia fra le dita dieci corone. Una corona austriaca d'argento si divideva in ottantacinque pfennige o cento heller e valeva mezzo fiorino, per un totale di cinque fiorini. Non sappiamo se fu per lo scarso compenso offerto, ma Teresina non accettò la proposta. Allontanandosi con la coda fra le gambe, Zeno scornato le grida:

"Quando ti dedicherai ai vecchi, Teresina?" "Quando sarò vecchia anch'io!" risponde lei. I soldati austriaci che il giorno dopo sbarrano il cammino a Zeno, sono molto espliciti. "Züruck!", gli urlano. Zeno non può tornare a Lucinico, dove si è attestata la linea difensiva asburgica. Deve così raggiungere Gorizia a piedi e di là prendere il treno per Trieste dove arriva a notte inoltrata. Era il 26 giugno 1915.

La paura che divora l'assassino di via Belpoggio non ha niente a che vedere con le paure interiori degli altri personaggi sveviani. Questa è roba vera, è l'autentica paura dell'uomo braccato. L'assassino di via Belpoggio è un apprendista Raskolnikov, che uccide per denaro e con molta poca filosofia. Oggi via Belpoggio è una tranquilla strada poco trafficata, nel rione di Città nuova, vicino alla vecchia università. Costeggiata da palazzi ottocenteschi e da moderni appartamenti, è proprio il luogo ideale per un balordo crimine, di quelli che per mesi riempirebbero la prima pagina del *Piccolo*. Chiediamo a una vecchietta che sta entrando nel portone di casa con la spesa se ultimamente qui attorno c'è stato per caso un omicidio. Ci guarda impaurita e per quanto può affretta il passo. Si ferma per prender fiato davanti a un garage. Ci indica con la coda dell'occhio all'uomo in tuta da lavoro che si è fatto sulla porta. Discretamente ci allontaniamo, prima che si apra una nuova caccia al nuovo presunto assassino di via Belpoggio.

Come ogni bambino ebreo triestino, nel 1867 Ettore Schmitz comincia a frequentare la scuola elementare israelitica di via del Monte. Via del Monte è una strada importante per gli ebrei triestini: un tempo c'era il loro cimitero e la sinagoga. Saba la descrive così:

> A Trieste ove son tristezze molte,
> e bellezze di cielo e di contrada,
> c'è un'erta che si chiama Via del Monte.
> Incomincia con una sinagoga,
> e termina ad un chiostro; a mezza strada
> ha una cappella; indi la nera foga
> della vita scoprire puoi da un prato,
> e il mare con le navi e il promontorio,
> e la folla e le tende del mercato.
> Pure, a fianco dell'erta, è un camposanto
> abbandonato, ove nessun mortorio
> entra, non si sotterra più, per quanto
> io mi ricordi: il vecchio cimitero
> degli ebrei, così caro al mio pensiero,
> se vi penso i miei vecchi, dopo tanto
> penare e mercatare, là sepolti,
> simili tutti d'animo e di volti.

Via del Monte è una bella strada, ancora oggi silenziosa e suggestiva. Si stacca lentamente dal frastuono del Corso per arrampicarsi sul colle di San Giusto, dove si perde nel silenzio del Parco della Rimembranza, fra rovine, lapidi, conventi e antiche chiese. Ma per Ettore Schmitz il primo giorno di scuola e la via del Monte non saranno un bel ricordo. Anzi, piuttosto un trauma se ormai avanti con gli anni, lo scrittore ne parla ancora nelle pagine del suo ultimo romanzo incompiuto: "Avevo tanto desiderato di andare a scuola e finalmente vi andai. Giunto alla scuola devo però essere stato offeso, seccato o minacciato da qualche conscolaro o dal maestro perché ricordo che m'attaccai alla porta che conduceva alla scala d'uscita e perciò al posto più vicino alla mia casa ed a mamma mia. Vi restai per delle ore perché non mi permisero di uscire dalla scuola ma neppure seppero strapparmi di là. Non volevano degli scandali e mi lasciarono piangere a quel posto di un pianto dapprima violento che poi si mitigò perché mi lasciarono solo, solo, attaccato a quella maniglia".

Poi anche il malinconico alunno Ettore si abitua alla vita di scolaro. Il fratello Elio la descrive così:

La nostra vita era questa: alle 8 ci alzavamo e andavamo a scuola. A mezzogiorno giuocavamo la balla per solito e Noemi era la nostra maestra. Poi a pranzo; poi a scuola fino alle cinque; poi le sorelle suonavano e poi a cena e a letto. Al venerdì sera era una festa per noi. Restavamo a cena tutti assieme e papà ci contava delle novelle che noi ascoltavamo.

"Un collegio tedesco in Bassa Baviera": potrebbe essere il titolo di un film dell'orrore. Invece è dove Italo Svevo e suo fratello Elio passarono la loro adolescenza. Più precisamente presso la Brussel'sche Handels und Erziehungsinstitut, a Segnitz-am-Mein, frazione di Marktbreit, a venti chilometri da Würzburg. Una palestra di solida formazione teutonica, insomma, che Franz Schmitz, ebreo triestino, vuole dare ai figli. Era il passaggio obbligato per avere successo nel mondo del commercio che da quelle parti parlava rigorosamente tedesco. Ma per il giovane Elio, quella è proprio un'esperienza pedagogica da dimenticare:

La vita di collegio è adatta per i tedeschi. Il loro carattere quieto, senza slanci, permette loro di restare lontano dalla famiglia senza sentirne troppo la mancanza, ma noi italiani eravamo lì fuori posto.

Il fratello più piccolo di Svevo sarebbe rimasto volentieri nella sua Trieste e la prima sera in camerata si strugge pensando che si

addormentava su un cuscino invece che sul braccio di mamma.

Italo invece sembra non soffrire troppo della severa istituzione. Diventa il capobanda del gruppo di israeliti italiani che vi vengono a studiare e ne approfitta per iniziarsi alla letteratura e alla filosofia, rigorosamente tedesche. Ma così felice neanche lui doveva essere se, dopo una vacanza a Trieste, con queste parole consola il fratello che scoppia a piangere la vigilia della partenza:

"Perché piangi? Anche io quando sono partito, credevo di non rivedere questi luoghi e la nostra famiglia che tanto amiamo".

Svevo non ci dice molto della sua vita in collegio. Era troppo impegnato nei suoi studi e soprattutto nelle sue prime grandi manovre sentimentali per perdere tempo a scrivere memorie. Tutto quello che sappiamo di quegli anni lo scopriamo nel diario di Elio e nelle sue pagine troviamo anche traccia di un primo amore, non corrisposto, del giovane Italo per la nipote del direttore della scuola, Anna Herz di Krankenthal. Si sa, certe cotte adolescenziali possono lasciare segni indelebili. E così siamo sicuri che non è per caso che "Krankenthal" in tedesco vuol dire "valle dei malati" e che tutti i personaggi di Svevo saranno in vario modo dei malati. Così presto è iniziata nel giovane scrittore l'ossessione della malattia, quando in quella valle tedesca scoprì le variegate forme del male di vivere. La mania di perdere la testa per la figlia del principale, Svevo la passerà ad Alfonso Nitti che guarda caso si innamora di un'altra Anna, un'Annetta, Maller questa volta. La comitiva di studenti in viaggio verso il collegio tedesco scende alla stazione di Marktbreit in una notte di luna.

Marktbreit è una vecchia città, una di quelle che con la via ferrata perdette d'ogni suo valore. Le case sono vecchie e antiche, gli abitanti buoni bavaresi dedicati all'agricoltura ed al bever birra.

Per arrivare a Segnitz, dalla stazione ferroviaria di Marktbreit si deve attraversare il Meno. Ma allora non c'era il ponte. Bisognava chiamare il "Führer", cioè il passatore. Una specie di Caronte, insomma. E per il giovane Elio quella traversata dovette davvero avere il sapore di un viaggio all'inferno:

E vidi un punto nero accostarsi calmamente verso di noi, e quando fu a pochi passi potei distinguere una gran barcaccia con entro un uomo forte, nerboruto, un vero tipo bavarese. Ci mettemmo tutti e venti in quella barcaccia, che seppi dippoi servire solamente per passare i carri coi rispettivi buoi.

Dall'altra parte del fiume le cose non vanno meglio. All'inizio il paesaggio sembra più ameno ed Elio scrive che

Segnitz ha un aspetto più poetico. Ma tutta la poesia svanisce quando si entra nel villaggio. Letamai, canale degli spurghi, tutto è alla vista del passante.

Oggi Segnitz è una ridente località della Franconia. Risparmiata dai bombardamenti dell'ultima guerra, conserva antiche costruzioni dai tetti tipici, e solidi tombini separano le fogne dai passanti. Come ai tempi di Svevo, nei dintorni si coltiva il luppolo e la vigna. Nella via principale c'è anche un pittoresco albergo, il Goldenen Anker, che propone un menù tipico con vini locali. Herr Plssel, il pastore della chiesa locale, ci racconta che il Brussel'sche Institut invece non esiste più.

Per Ettore Schmitz il capolinea della paura è Motta di Livenza, il paesino vicino a Mestre dove muore in seguito a un incidente stradale. *Il Gazzettino* di giovedì 13 settembre 1928 titola:

"Auto contro un albero" e continua: "Quest'oggi verso le ore 15, lungo la strada Adriatica Superiore, vecchia Callalta, e precisamente in località Tre Ponti, presso l'esercizio Furegon, proveniente da Trento filava verso Trieste un'auto nella quale, oltre allo chauffeur, avevano preso posto i signori Ettore Schmitz, fu Francesco, di anni 67, la sua signora Veneziani Livia di anni 64 e un nipotino di 7 anni, Fonda Silvio Paolo, di Antonio, tutti residenti a Trieste. La macchina filava ad andatura normale, quando in seguito all'abbondante pioggia caduta in giornata, in un certo punto le ruote slittando privarono l'autista del comando del veicolo, che, sbandatosi, andò a cozzare violentemente contro un albero laterale, il quale fortunatamente impedì il rovesciamento della macchina nel fosso sottostante molto basso. Tutti i viaggiatori dall'urto fortissimo rimasero più o meno gravemente feriti e doloranti. Sopraggiunta subito un'altra macchina pure da Trieste, i feriti vennero in parte trasportati all'ospedale con questa, mentre il resto dei feriti veniva trasportato all'ospedale con una macchina del garage Piai".

Come tutto era cominciato, lo leggiamo nelle pagine di Livia Veneziani. Di ritorno da una vacanza in Trentino, la famiglia Svevo con l'autista si era fermata a mangiare a Treviso. Quando i viaggiatori risalgono in macchina la pioggia vien giù a rovesci. Livia Veneziani chiede all'autista se non è pericoloso viaggiare in quelle condizioni. "No, anzi si va meglio!" risponde Giovanni Colleoni che doveva essere della stessa scuola di Schumacher e sicuramente non teneva sul cruscotto la foto dei suoi cari con sotto scritto "Pensa a noi". "Nonna, guarda! Questa carta finisce a Motta di Livenza!" esclama il nipotino Paolo mentre studia l'itinerario. Bastava quello per scendere dall'auto incrociando le dita. Ma Colleoni mette in moto e parte, andando a sbattere l'auto contro un platano e Svevo contro il suo destino. All'ospedale i medici diagnosticano allo scrittore la frattura del femore sinistro ed escoriazioni alla faccia. Inizia così il calvario di Ettore Schmitz. Livia Veneziani ricorda così quelle terribili ore:

Passammo una notte d'inferno. Eravamo tutti e tre nella stessa stanza in tre lettini allineati l'uno accanto all'altro. Prima dell'alba giunse nostra figlia Letizia con suo marito e un nostro nipote medico. Alla mattina lo stato di Ettore si aggravò, non sopportava più niente. Aveva già la lingua grossa e vedendo il nipote accendere una sigaretta, fece un cenno di richiesta. Aurelio gliela rifiutò. Allora disse con voce già impacciata: "Questa sarebbe davvero l'ultima sigaretta!"

I luoghi della vecchiaia

La vecchiaia è un'esuberanza caotica; vita che cresce distruggendo la sua forma e muore per eccesso.

Non lo dice Svevo, ma Claudio Magris parlando della Trieste di oggi. Segno che la vecchiaia sta a Trieste come la paprika al gulasch. Trieste è una città di vecchi. Su 260.000 abitanti, circa il 31% sono pensionati. Ma i nonni e le nonne a Trieste non stanno in casa a dondolarsi sulla sedia a dondolo e a fare la calza davanti alla finestra. Vanno al caffè, vanno a fare spesa, vanno a spasso, vanno a prendere il sole. E soprattutto girano in autobus. Dopo l'esodo mattutino di studenti e pendolari triestini che lasciano la loro città gaudente per andare a lavorare nell'industrioso Friuli, i vecchi si impossessano del territorio. Scendono a frotte dalla 20, dalla 29, o dalla 6, intese come filovie anche se il filo non c'è più, e tirandosi dietro sacchetti di plastica vuoti, le tasche piene di mazzi di tagliandi sconto del supermercato, riempiono le strade con il loro passo esitante. "Il corpo di un uomo della nostra età è un corpo che sta in equilibrio solo perché non sa da che parte cadere" dice il vecchio dottor Raulli al suo paziente Zeno Cosini che ormai sessantasettenne e malgrado la purga psicanalitica aveva ancora qualcosa da nascondere alla sua famosa coscienza. A quell'epoca Zeno doveva essere uno di quei vecchiardi che oggi si radunano nella galleria del Tergesteo per fare quattro chiacchiere e prendere il caffè prima delle loro corvée quotidiane. Si siedono nelle poltroncine del bar Tergesteo, aprono *Il Piccolo* e vanno diritti alla pagina delle inserzioni mortuarie, che scrutano attentamente aiutandosi con il dito. È il loro modo di fare l'appello. Poi si lanciano nei mercati, nei negozi, alla posta, al Comune, in banca. Sembra che ogni passo sia il loro ultimo, invece nulla li arresta, neanche i semafori rossi, neanche le auto che gli strombazzano attorno. Decisi a prendersi tutti i loro diritti e anche un po' di quelli degli altri, per proteggere la poca vita che gli resta addosso, diventano preventivamente aggressivi e spingono prima di essere spinti, insultano prima di essere insultati. In ogni bottega che assaltano si piazzano rissosi nella fila circoscrivendo con il bastone il loro posto e guai a chi s'avvicina. Sbuffano, scuotono la testa, alzano gli occhi al soffitto innervositi per l'attesa. Quando finalmente tocca a loro, si vendicano dei loro acciacchi, della loro età, del loro malumore brutalizzando i commessi o tormentando i droghieri con le più strane pretese in fatto di taglio del prosciutto di Praga, di qualità delle salsicce, di durezza della fettina di carne. Nulla va mai bene: il prezzo del pane calmierato è troppo alto, i "peoci" non sono freschi, lo "strucolo" è troppo crudo, le erbette sono appassite, la fontina è secca, le sarde puzzano. Protestano contro tutto e tutti, dal sindaco ai vigili urbani, dai "cabibbi", che sarebbero i terroni agli "s'ciavi", intesi come sloveni, croati, serbi, montenegrini, macedoni, albanesi.

Appena il sole di maggio diventa caldo, nelle prime ore del pomeriggio la passeggiata del lungomare di Barcola si popola di vecchietti incartapecoriti che si siedono a prendere il sole. Alcuni sono già in costume. Sul cemento dei "topolini", gli stabilimenti balneari, si scrutano la pelle impazienti di vedervi apparire la prima abbronzatura. Sdraiati in fila lungo la massicciata, sembrano invece corpi pronti per l'autopsia. D'estate, senza alcun ritegno, certe arcigne vecchiarde si arrampicano fino agli scogli più lontani della riviera dove, sdraiate in qualche anfratto, spalancano non viste le cosce aperte al mar aperto. Questo è il paesaggio che accoglie chi dovesse approdare in quel punto della costa triestina in certi pomeriggi di solleone: una linea Maginot di vulve canute attaccate agli scogli come telline. E chissà a chi mai verranno mostrate, poi, quelle abbronzature integrali. Chi potrà apprezzare tanto abbrustolito decadimento?

Al mare i vecchi giocano a carte e chiacchierano. Discutono, si lamentano che oggi i giovani non hanno più nessun rispetto per nulla, figuriamoci per gli anziani. Rimpiangono il tempo andato. Una volta sì che le cose andavano bene, soprattutto quando c'era l'Austria. Anche se di quando c'era l'Austria loro non ricordano un bel niente, perché erano ancora in fasce. Ma anche all'epoca del vecchio Zeno le cose non andavano meglio per la terza età. Con questa lagna comincia il racconto *Umbertino*: "Io sono un uomo che nacque proprio a sproposito. Nella mia giovinezza non si onoravano che i vecchi e posso dire che i vecchi di allora addirittura non ammettevano che i giovani parlassero di se stessi. Li facevano tacere persino quando si parlava di cose che pur sarebbero state di loro spettanza, dell'amore per esempio. Io mi ricordo che un giorno si parlava dinanzi a mio padre, da suoi coetanei, di una grande passione ch'era toccata ad un ricco signore di Trieste e per la quale si rovinava. Era una compagnia di gente dai cinquanta anni in su, che per rispetto a mio padre mi ammettevano fra di loro qualificandomi della carezzevole designazione di puledro. Io, naturalmente, portavo ai vecchi il rispetto che l'epoca imponeva e ansioso aspettavo d'imparare persino l'amore da loro. Ma avevo bisogno di un chiarimento, e per averlo, gettai nella conversazione le seguenti due parole: 'Io, in un simile caso...'

Mio padre subito mi interruppe: 'Ecco che ora anche le pulci vogliono grattarsi!' Ora che sono vecchio non si rispettano che i giovani, così che io sono passato per la vita senza essere stato rispettato mai". Parole che qualsiasi vegliardo triestino d'oggi sottoscriverebbe subito. Ma il luogo dove i vecchi danno il meglio di loro stessi, dove esprimono tutto il loro caparbio attaccamento alla vita è l'autobus. Distinti signori dai capelli bianchi, eleganti signore con graziose cuffiette *fin-de-siècle* diventano degli Schwarzenegger pronti a ingaggiare battaglie di autentica guerriglia metropolitana se qualche minore di cinquant'anni s'azzarda a non cedere loro il posto o si permette di salire in vettura dall'uscita. Alcuni autobus sono particolarmente a rischio per gli under cinquanta: il 10, il 48 o il 29, che sale a San Giacomo, covo di vetusti portuali dal naso schiacciato come pugili a forza di risse in osteria. Neanche la sera s'allenta la morsa dei vecchi sulla città. All'ora di cena, le strade deserte, gli androni dei palazzi, i cortili dei condomini, rimbombano all'unisono di telegiornali a tutto volume. Lilli Gruber sbraita lungo il canale del Ponterosso, Mentana si sgola in via Cavana e Bianca Berlinguer tiene banco a San Giacomo. Perché i vecchi, si sa, sono spesso sordi.

I vecchi di Trieste non s'annoiano: passeggiate sul Carso, bagni di sole, pomeriggi al caffè, serate a teatro. Sull'autobus 1 che percorre tutta via D'Annunzio, ne incontriamo un paio che si portano dietro grosse cartelline da disegno. Uno apre la sua e mostra all'altro un disegno a matita: "Cio', no rivo a piturar le tete dela Nadia! Una la me guarda de qua e una la me guarda de là!" L'altro osserva assorto. Poi inarca le sopracciglia e replica: "E 'ndo' te vol che le vardi? In zo, come quele de tu' moglie?" Sbirciamo anche noi il nudo femminile sdraiato in una posa da *Maya desnuda*. Effettivamente il seno della bella sventola va contro tutte le leggi della gravità. S'ingaggia una discussione sui tranelli della prospettiva. Veniamo coinvolti. I due vecchietti ci spiegano che seguono un corso di pittura in piazza Foraggi. È già il secondo anno precisa quello che ha problemi di tette. Se vogliamo, possiamo andare a vedere. Oggi capita bene che è martedì e c'è anche la Nadia, precisa sempre quello delle tette. Eppoi il maestro è un amico, un professore in pensione. La scena che ci attende nello scantinato di un moderno palazzo di piazza Foraggi è già un'opera d'arte: potrebbe intitolarsi "Susanna e i vecchioni". Attorno a una balaustra di legno, una mezza dozzina di vegliardi aspetta con i cavalletti aperti e i pennelli sguainati. In mezzo alla stanza, sopra un cassone ricoperto da un drappo rosso, troneggia un sofà pieno di cuscini. Accanto c'è un paravento. Vi scorgiamo appesa una vestaglia di paillettes e per terra due pantofoline. Intanto un signore meno anziano degli altri passa fra i cavalletti scrutando attento ogni opera. Con l'unghia lunga del mignolo indica quello che non va. Il nostro amico delle tette strabiche aspetta il suo turno facendo la punta alle matite. Tutti salutano la ragazza vestita di jeans che entra con due sacchetti della Standa nelle mani. Li lascia accanto all'attaccapanni, assieme al giubbetto e alla borsetta. Poi scavalca la balaustra e passa dietro il paravento. Sfila le scarpe e infila le pantofoline. Senza vedere altro, indoviniamo i movimenti. Quando esce con la vestaglia addosso, non si sente più temperare una matita. Sale sul cassone, raggiunge il sofà, si sfila le pantofole, si toglie la vestaglia e con allenata pudicizia si sdraia fra i cuscini. Adesso la riconosciamo: è proprio Nadia. Intanto il maestro è arrivato alle tette del nostro amico. Indica quelle vere e con l'unghia segna sul foglio l'errore che guasta tutto. "Te sa perché no te 'rivi a disegnar le tete de la Nadia? Perché no te le vardi come che le xe par bon. Te le pituri come che te piasessi a ti de vederle. De su in zo. Ti sora e ela soto, insoma!"

Anche Svevo aveva un amico pittore: Umberto Veruda, impressionista e incompreso.

Il più potente pittore di questa città, il più animoso e ardito,

lo descrive il giornalista Silvio Benco. Svevo ne fa un personaggio di *Senilità*, lo scultore Stefano Balli, che vuol fare di Angiolina una Madonna. Veruda è un anticonformista e per la Trieste di allora, la sua pittura e la scrittura di Svevo sono un tutt'uno: spazzatura. Svevo andava spesso a trovare l'amico nel suo studio in via degli Artisti. Scrive Livia Veneziani:

C'era fra loro un'analogia di destino: ambedue si sentivano incompresi dall'ambiente impregnato di quietismo provinciale. Ambedue andavano controcorrente ed erano oppressi da una profonda malinconia.

I due si perdono un po' di vista quando Svevo si sposa. Anche perché alla signora Veneziani il pittore non stava molto simpatico, come appare anche da questa lettera di Svevo alla moglie: "Oggi parlai con Veruda che ti manda a salutare caramente. Anzi mi disse 'fa in modo che fra me e tua moglie ci sieno buone relazioni'. Io gli risposi: 'Dacché mi sono sposato non feci altro; ma tu ti sei prestato poco'. Egli naturalmente negò".

Qualche tempo prima Livia Veneziani, in vacanza a Salsomaggiore, aveva scritto a suo marito:

Je suis contente de savoir Veruda à Trieste pour le moment. Non pour ma tranquillité mais pour la tienne. Tu sortais fatigué; tu retournais éreinté, pour travailler le lendemain de bonne heure; et dans quel but? Pour un ami qui ne sait rien faire pour toi. Ça ne valait pas la peine.

Bisogna spiegare che la signora Svevo scriveva in francese perché aveva studiato al collegio di suore francesi Notre-Dame de Sion, la scuola delle ragazze bene di Trieste. Il palazzotto bianco delle suore in cima a via Tigor oggi ospita la facoltà di Lettere. Ma le pie sorelle ci sono ancora, anche se si occupano solo dell'asilo infantile. Nella sua frenetica vita d'artista, Veruda viaggia molto: Monaco, Parigi, Londra, Vienna, dove presenta i suoi quadri a varie esposizioni. Nel 1903 a Villach sua madre, gravemente malata, gli muore fra le braccia e il pittore è convinto di essere stato lui a causarne la morte con un rimprovero. Non se lo perdonerà mai. Fugge a Parigi per distrarsi, ma una brutta depressione lo getta sull'orlo della nevrastenia. Svevo allora accorre in suo aiuto. Lo ospita nella sua casa di Burano dove lo sfortunato pittore dipinge uno dei suoi quadri più famosi, *Fondamenta a Burano*. Veruda sembra riprendersi, ricomincia a dipingere. Ma l'anno dopo la nevrastenia ha la meglio. L'unico impressionista triestino muore una notte d'agosto del 1904. Svevo eredita tutte le sue opere che dopo essere state esposte in una mostra organizzata dallo scrittore per celebrare l'amico, vanno ad arredare Villa Veneziani. Scrive la moglie di Svevo:

Nella casa della mia famiglia, la grande villa di Sant'Andrea che fu distrutta dai bombardamenti della Seconda guerra mondiale, vi era un materiale verudiano immenso per chi avrebbe voluto conoscere come si sviluppa il genio di un artista.

Ci piace così immaginare che per tutta la vita Svevo abbia avuto sotto gli occhi, appeso alle pareti di casa, il ritratto di Angiolina, alias Giuseppina Zergol, che il suo amico pittore doveva sicuramente aver dipinto, perché la futura cavallerizza era una delle donne più chiacchierate della città e quindi naturalmente prediletta dagli artisti. Abbiamo dunque dato un'occhiata a quel che è rimasto delle opere di Veruda appartenute a Italo Svevo, alla ricerca dell'identikit dell'amante per antonomasia. La *Signora con cappello*, del 1899, è una figura troppo casta, nulla a che vedere con la "bionda dagli occhi azzurri" e dallo sguardo crepitante che faceva impazzire il Brentani. Neanche la figura di *Abbandono*, del 1901 ci fa pensare alla madre di tutte le seduttrici. Capelli e occhi sono quelli sbagliati. *Il nudo di schiena*, sempre dello stesso anno, non ha nulla della leggiadria di una cavallerizza e avrebbe sfiancato anche il migliore Lipizzano. Forse il volto della vera Angiolina è andato perduto nelle fiamme che hanno distrutto Villa Veneziani o non ha potuto reggere lo sguardo fulminante di quell'altro ritratto che sicuramente Svevo aveva nel suo studio, quello grave e severo della moglie, Livia Veneziani.

La passione di Svevo per il colore in tutte le sue manifestazioni comincia presto. Fin dagli anni di Segnitz, quando studia la filosofia tedesca e soprattutto Schopenhauer. Che non a caso nel 1816 aveva scritto il saggio *Della vista e dei colori*.

Quasi quanto la letteratura, Svevo ha sempre amato la pittura. Non solo quella su tela, ma anche quella in vasetto. La vernice, insomma. Sposando Livia Veneziani, sposa anche il prezioso brevetto delle vernici nautiche Veneziani che avevano fatto la fortuna della famiglia. Per lo scrittore è un affare: potrà permettersi di non lavorare troppo nella vita e dedicarsi invece ai suoi libri. A Trieste la ditta Veneziani esiste ancora, anzi prospera. Anche se presto si trasferirà a Milano. Dopo i bombardamenti del 1945, la fabbrica si era insediata nella nuova zona industriale, dove gli eredi Veneziani hanno portato avanti la tradizione del nonno Gioacchino fino a oggi. Ma anche Svevo lavorò per la ditta e contribuì coraggiosamente non solo a promuovere ma anche a difendere le vernici del suocero, mettendo addirittura a repentaglio la propria vita. Scrive la moglie:

Nell'agosto del 1915, tecnici militari austriaci si presentarono alla fabbrica per sequestrare macchinari e merci, pretendendo anche il segreto gelosamente custodito delle formule delle vernici e minacciando Ettore d'internamento.

C'è da dire che già di suo Ettore Schmitz non era molto simpatico agli austriaci, per via delle sue simpatie per la causa italiana cui del resto aveva contribuito scrivendo sulle pagine del giornale irredentista *L'Indipendente*. Colpendo la ditta Veneziani, gli austriaci erano dunque consci di prendere due piccioni con una fava. Ma quando i "crucchi" gli vogliono rubare le vernici, Svevo, che teneva pronto in soffitta il tricolore, non ci vede più. Anzi, vede rosso! Di notte, con la complicità di alcuni vecchi operai fedeli alla famiglia, lavorando febbrilmente di mattone e di cazzuola, costruisce un nascondiglio in cui mura il materiale speciale necessario per la miracolosa ricetta Veneziani. Il giorno dopo, con grande solennità, agli ufficiali del comando austriaco consegna formule sbagliate. Lissa è vendicata. Nel porto di Pola, le navi dell'Imperiale e Regia Marina verniciate con la formula che il chimico fallito Zeno Cosini doveva aver dettato in sogno a Svevo, diventano verdi di muffa. E l'alto comando austriaco, verde di rabbia. Per rappresaglia, la fabbrica Veneziani viene saccheggiata. Nove vagoni di macchine e materiale greggio se ne partono per Pola. Ma la beffa è riuscita e Svevo se ne vanterà con i suoi amici. Anche Zeno Cosini, nel chiuso della sua coscienza, si occupa di colori e scrive: "Credetti di aver fatta un'importante scoperta scientifica. Mi credetti chiamato a completare tutta la teoria dei colori fisiologici. I miei predecessori, Goethe e Schopenhauer, non avevano mai immaginato dove si potesse arrivare maneggiando abilmente i colori complementari". Chiudendo gli occhi davanti alla finestra inondata dal sole del tramonto, Zeno è convinto di aver scoperto colori nuovi, anzi di averli fabbricati lui. "Guardai, accarezzai quel colore fabbricato da me." Ma quando lo va a raccontare al medico, il dottor Coprosich lo liquida consigliandogli di fumare meno, perché è la nicotina, dice lui, che gli dilata la retina.

La scrittura di Svevo è intrisa di vecchiaia. Nei suoi romanzi anche i personaggi giovani invecchiano a vista d'occhio tanto sono incapaci di stare al passo con il ritmo della vita. Quanto ai vecchi, studiano il loro stato con curiosità scientifica. Come il buon vecchio del tram di Servola, che ci lascia l'incompiuto trattato *Dei rapporti fra vecchiaia e gioventù*, sulle cui pagine prematuramente schiattò. La vecchiaia è vista come uno scopo, un obiettivo da raggiungere. "Sin dalla prima classe elementare si deve ricordare che scopo della vita è divenire un vecchio sano", insiste un altro personaggio. L'ultimo romanzo di Svevo, rimasto incompiuto, doveva chiamarsi *Il vecchione*. Il vecchione è Zeno, sopravvissuto alla sua coscienza grazie a una cura tutta speciale da lui stesso ideata, sapiente miscela di sigarette di marca Sport, sesso a pagamento e dieta alimentare. Già, sempre sesso, ancora sesso. Perché "i vecchi sono come i coccodrilli che non cambiano facilmente direzione" e Zeno ha una sua teoria sul funzionamento del corpo umano. Da questa trae le sue regole di igiene del vivere. L'organismo è una specie di sistema planetario dove ogni organo ha la sua orbita, proprio come una stella o un pianeta. Fin qui tutto bene, quasi poetico. "Ma fra i nostri organi ce n'è uno ch'è il centro, quasi il sole in un sistema planetario. Fino a pochi anni or sono si credeva fosse il cuore. A quest'ora tutti sanno che la nostra vita dipende dall'organo sessuale." Una rivoluzione copernicana che Zeno prende molto sul serio, quando "per amore all'igiene" va ogni giorno a render visita alla signorina Felicita, molto al di là della Piazza Unità, sul colle di San Giusto. "Una casa tutta rustica, meno una stanza messa con buon gusto, proprio col lusso corrispondente a quello ch'io pagavo, dai colori molto scrii e povera di luce." Di casette simili in città vecchia ce n'è ancora tante, anche se molte strade sono state ripulite e sono diventate viuzze da presepe con i lamponcini d'epoca e il selciato di porfido. Felicita era dunque la miracolosa medicina che teneva Zeno in orbita attorno al suo sesso. "Una medicina un po' aspretta", la descrive lui. "La donna più costosa ch'io avessi conosciuta in tutta la mia vita" aggiunge. Non sappiamo con precisione a quanto ammontasse l'abbonamento mensile che gli dava diritto a tre sedute settimanali. Di sicuro varie centinaia delle lire di allora. Un po' tanto, se si aggiunge la pelliccia e tutti i vestiti che Zeno dovette regalare alla donna senza mai vederglieli addosso. E pensare che pochi mesi prima Svevo aveva venduto la coscienza di Zeno a un americano per centomila dollari! Felicita fu l'ultima donna di Zeno. Dopo di lei il vecchio nevrastenico torna a un altro suo antico vizio, quello che affliggeva anche il timido bancario Alfonso Nitti: "Guardo le donne che passano, accompagno il loro passo cercando di vedere in quelle loro gambe qualche cosa d'altro che un ordigno per camminare e risentire il desiderio di fermarle e accarezzarle". Ma che siano allora questi i famosi ordigni che "l'occhialuto uomo inventa fuori del suo corpo" e che "si vendono, si comperano, si rubano" di cui Zeno parla alla fine della *Coscienza*? Non possiamo credere che il vecchio Ettore pensasse davvero a un bel paio di gambe come a un ordigno capace di far saltare per aria tutto il pianeta. Ma se nell'ultima pagina della *Coscienza di Zeno* alla parola "ordigni" si sostituisce la parola "gambe", vien fuori qualcosa che farebbe la felicità di qualsiasi psicanalista.

Divenuto anche guardone, il tormentato vegliardo non sa darsi pace. Gira per la città senza mèta, sale e scende da un tram all'altro dove resta seduto in un angolo divorando con gli occhi le ragazzine. "Vecchio satiro!" è il complimento che riceve un giorno da una nonna che accompagna la sua nipotina.

Tutti i vecchi satiri dei romanzi di Svevo si sforzano invano di darsi una disciplina, di contenere i loro istinti troncandoli sul nascere. Prima di tuffarsi nell'avventura con Felicita, Zeno Cosini constatava amaramente: "Si provò così ch'io ero meglio adatto ad astenermi che a moderarmi". Anche Italo Svevo, negli ultimi anni della sua vita cerca di darsi una regolata. Racconta la moglie:

Negli ultimi anni, essendosi un po' appesantito, lui che era stato sempre di buon appetito e amante dei cibi grevi, aveva rinunciato alla cena sostituendola con un bicchiere di latte e un frutto. Tentava di sottoporsi con un certo sistema ad una regola di vita igienica.

Chissà se era la stessa igiene praticata da Zeno Cosini. La sua ultima estate Svevo la passa sul Carso, nel paesino di Opicina, a Villa Letizia, la residenza estiva della famiglia. È là che comincia a scrivere *Il vecchione*. La villa esiste ancora, è appena fuori paese, poco distante dalla trattoria Daneu. Da quelle parti, sottoporsi a una dieta di latte e frutta oggi sarebbe davvero difficile.

Le cucine della trattoria Daneu spargono tutt'attorno il profumo dello stinco di maiale arrosto e della minestra di jota. Forse per questo Svevo le sue passeggiate le faceva dall'altra parte, verso l'obelisco, da dove si gode una suggestiva vista di Trieste che "con le sue bianche case alla riva in largo semicerchio abbraccia il mare e sembra che tale forma le sia data da un'onda enorme che l'abbia respinta verso il centro". Ancora oggi a chi si affaccia dal belvedere dell'obelisco si offre intatto il panorama della città e di tutto il golfo. L'obelisco ricorda l'apertura della strada Trieste-Lubiana, nel 1830. Anche alla veneranda età di sessantotto anni, Svevo ogni giorno percorreva in automobile l'ultimo tratto di quella celebrata strada per recarsi in ufficio, alla fabbrica Veneziani.

Almeno così raccontava alla signora Livia. Sempre in automobile, da Villa Letizia partì per il viaggio che gli fu fatale. Sul tavolo del suo studio lascerà le prime pagine del *Vecchione*. Questa è una delle ultime frasi del suo romanzo incompiuto: "Perciò lo scrivere sarà per me una misura di igiene cui attenderò ogni sera poco prima di prendere il purgante. E spero che le mie carte conterranno anche le parole che usualmente non dico, perché solo allora la cura sarà riuscita". Singolari proponimenti per un vecchio che ha dedicato tutta la vita alla scrittura e di parole ne ha consumate tante. Dopo un'esistenza passata a raccontare la malattia e la vecchiaia in tutte le loro sembianze, alla vigilia della morte Svevo crede ancora a una cura che riesca, a un'igiene di vita? Ma già, dimenticavamo che quello dell'igiene non è Italo, bensì Zeno Cosini, quello dalla coscienza da centomila dollari. Di lui non si sa come sia morto né dove riposi. Dietro le sbarre del cancelletto della sua tomba di famiglia, al cimitero Sant'Anna di Trieste, Svevo non ci può più raccontare che fine ha fatto il suo eroe. Nel bassorilievo che lo raffigura lo ritroviamo pensoso. Chissà che cosa lo travaglia ancora. A lui ebreo convertito di malavoglia hanno messo accanto una Madonna. Ma forse no, non è una Madonna. È l'allegoria della malattia che per tutta la vita ha inseguito i suoi personaggi.

I luoghi della pazzia

Dopo i vecchi non potevano mancare i matti. Anche perché spesso le due cose vanno assieme. Con le dovute differenze. È vero che i personaggi di Svevo sono sempre in bilico sul baratro della pazzia intesa come incapacità alla vita. E che da vicino nessuno è normale, come sta scritto sulle magliette vendute da una cooperativa di ex internati dell'ospedale psichiatrico di Trieste, ma nelle retroscene di ogni romanzo sveviano si muovono anche alcuni matti autentici che danno la misura della vera pazzia, quella che brilla nello sguardo del vecchio padre di Angiolina, quella che uccide Amalia, la sorella di Brentani o quella meno pericolosa di Tullio, l'amico di Zeno che fa la cura dei limoni e di Fumigi, il pretendente di Annetta, in *Una vita*, che finisce a ricopiare giornali in stazione. A quei tempi a Trieste non c'era neanche il manicomio. È nel 1908 che viene costruita la struttura manicomiale di San Giovanni, lungo la strada che va a Opicina, una fermata dell'autobus 39 dopo l'università, a tre chilometri dal mare. Ventuno padiglioni sparsi in ventidue ettari di parco circondato da un muro alto tre metri. Ogni padiglione una malattia: si comincia col reparto "accettazione", come in un grande albergo e si finisce col reparto "tranquilli", come in un penitenziario. Ma se fossero vissuti nella Trieste di oggi, i matti di Svevo avrebbero certamente sofferto di meno e qualcuno sarebbe forse riuscito a salvarsi. È negli anni settanta, con gli esperimenti di Franco Basaglia, che Trieste diventa la capitale europea della pazzia. Lo psichiatra parmense realizza a Trieste la prima esperienza di apertura dei manicomi. Basta elettroshock, basta segregazione coatta, basta con il manicomio lager. All'inizio degli anni settanta, oligofrenici, epilettici, dementi, schizofrenici, agitati, depressi e sudici escono dal cancello di via San Cilino e si disperdono per la città. Lasciano il manicomio per andare ad abitare in appartamenti, dove sono costantemente seguiti da terapeuti e psicologi. Nascono cooperative di lavoro formate in prevalenza da ex internati. È la fine della segregazione. Si spezza il circolo vizioso dell'internamento: all'ospedale ci va chi vuole, ne esce chi vuole.

L'esperimento è accolto con entusiasmo dal mondo psichiatrico internazionale.

L'Organizzazione mondiale della sanità sceglie Trieste come centro pilota per la ricerca sulla psichiatria. Intanto nel comprensorio di San Giovanni si moltiplicano le iniziative: concerti, spettacoli teatrali e laboratori artistici fanno del manicomio un centro d'avanguardia culturale. Ma la Trieste dei vecchi sopporta male quella dei matti: forse per conflitto di competenze. *Il Piccolo*, che pure nacque come giornale degli irredenti, si scaglia contro

il via vai per le strade cittadine di persone seminude, trasandate, che parlano da sole, che gridano alla luna.

Nel 1970 Trieste conta 260.000 abitanti e 100.000 pensionati. I matti invece sono solo 1260, ma danno molto fastidio. Malgrado ostacoli e attacchi di ogni genere anche da parte della magistratura, nel 1980 l'amministrazione provinciale chiude l'ospedale psichiatrico di Trieste. Oggi i vecchi padiglioni ospitano un centro culturale, "Il posto delle fragole", un bar-trattoria e vari laboratori. C'è anche un parrucchiere, una falegnameria, uno studio fotografico, perfino una radio che trasmette musica ventiquattro ore su ventiquattro e a Barcola, lungo la riviera, una cooperativa di ex internati gestisce l'Hotel Tritone. La chiusura del manicomio ha dunque fatto bene a Trieste. Oggi nel capoluogo giuliano si contano solo cinque ricoveri coatti per anno contro i centodiciassette del 1977, le degenze sono molto più brevi e la spesa per gli psicofarmaci è diminuita del 50%.

Il commerciante Fumigi, "capo di una ditta importante", che impazzito passa le sue giornate a ricopiare articoli del *Piccolo* nella sala d'aspetto della stazione, oggi avrebbe di meglio da fare. Forse avrebbe potuto partecipare anche lui, con i suoi colleghi del reparto P, alla costruzione di Marco Cavallo, un cavallo di legno e cartapesta, verniciato di azzurro. Divenne il simbolo dell'operazione manicomio aperto perché portava il nome del quadrupede da tiro che un tempo trasportava via la biancheria sporca dei padiglioni. Ma nei primi anni dell'esperimento di Basaglia, la stazione ferroviaria restava comunque una delle mete preferite degli ex internati. Allora c'era ancora la Iugoslavia e ogni sabato la città era invasa da orde di slavi che scendevano a Trieste per comperare merci introvabili oltreconfine. Così capitava che la sera, nell'angusta sala d'aspetto di seconda classe, fosse stipato un pubblico eterogeneo di slavi, militari, zingari, pendolari friulani e matti in libertà. E ognuno con i suoi odori. Chi aveva un po' di dimestichezza con la città, finiva per riconoscere gli uni dagli altri con un colpo d'occhio: quelli gonfi di blue-jeans infilati uno sopra l'altro, quelli che si tiravano dietro una portiera di Fiat 128 o tre fustini di Dash lavatrice erano gli slavi, quelli che tenevano sulle ginocchia una valigetta ventiquattrore nera a combinazione con dentro solo *Il Gazzettino* e l'ombrello pieghevole erano i pendolari friulani; quelli in divisa erano ovviamente i militari e gli altri erano i matti. Sotto le spoglie di studenti, facilmente confondibili, c'eravamo spesso anche noi.

Oggi la sala d'aspetto della stazione di Trieste, assieme al vecchio arredo di foto panoramiche scolorite, ha perso la saporita atmosfera di quei tempi. Ma un po' di esotico rimbambimento lo si può ancora trovare a qualche centinaio di metri, nella sala d'aspetto del terminal delle corriere, dove per poche migliaia di lire si può comperare un improbabile biglietto per Medjugorje, o anche solo per Cinquizza e per Sebenico. Volendo, perfino un'andata e ritorno per Dubrovnik. Ma non ferma a Segna e per Dulcigno si cambia. Vi si annida un nuovo pubblico di pendolari balcanici, di vu' cumprà arrivati al capolinea di tutte le spiagge italiane, di profughi istriani con in tasca la foto della loro fattoria come se fosse un parente morto. Caduta nelle mani dei comunisti e trasformata in casa popolare, dopo il crollo della Iugoslavia possono almeno andarla a vedere e a piangere davanti alla loro vigna trasformata in parcheggio per Zastava da demolizione.

Il padre di Angiolina impazzisce in via del Lazzaretto Vecchio, perseguitato da due suoi immaginari nemici: Tic che stava in Campo Marzio e Toc, che stava in via del Corso. Entrambi si divertivano a sparlare della sua famiglia con un'insistenza tale che il vecchio ci aveva perso i lumi della ragione, spenti da una folata di bora in una notte di febbraio. Non metteva più piede in strada e se ne stava barricato in vestaglia nella sua camera. E neanche il trasloco nel quartiere più salubre di via Fabio Severo servì a sopire le ansie del vecchio, perché Tic e Toc da via del Corso e dal Campo Marzio si spostarono: uno in corsia Stadion, e l'altro a Opicina. "Sta bene che Tic abita lassù ad Opicina ma di lassù manda le percosse alle gambe e alle schiene dei suoi nemici." Quanto a Toc, lui non bastonava. Ma faceva di peggio: "Aveva portato via alla famiglia tutti i mestieri, tutto il denaro, tutto il pane".

L'amico Tullio frequentava un sobborgo dove Zeno non era mai stato. Poteva essere campo San Giacomo, abbastanza lontano dalle rive e troppo popolare per uno sfaccendato di buona famiglia come il Cosini. Anche Tullio era inoffensivo. Oggi sarebbe uno di quei matti che ci si mette un po' ad accorgersi che lo sono. Li si incontra a un bar, si scambiano quattro chiacchiere come quattro palleggi e solo dopo qualche battuta ci si accorge che dall'altra parte non c'è rete: i pensieri cadono per terra e rimbalzano fuori campo. L'amico Tullio sosteneva di soffrire di reumatismi. Scrive Zeno: "Egli aveva studiato la sua malattia ed anzi non faceva altro a questo mondo che studiarne cause e rimedi. Più che per la cura aveva avuto bisogno di un lungo permesso dalla banca per poter approfondirsi in quello studio. Poi mi raccontò che stava facendo una cura strana. Mangiava ogni giorno una quantità enorme di limoni. Quel giorno ne aveva ingoiati una trentina, ma sperava con l'esercizio di arrivare a sopportarne anche di più". Non sappiamo cosa ne avrebbe pensato il professor Basaglia di questo caso, ma siamo certi che un individuo così non sarebbe stato rinchiuso a San Giovanni e con il tempo si sarebbe sicuramente riusciti a fargli almeno ridurre il numero dei limoni.

Per Amalia Brentani, invece, anche oggi ci sarebbe ben poco da fare. Quando si apre il sipario di *Senilità*, questa è la scena dove si consumerà la pazzia di Amalia: "Il piccolo tinello, oltre al tavolo bellissimo di legno bruno intarsiato, l'unico mobile della casa dimostrante che in passato la famiglia era stata ricca, conteneva un sofà alquanto frusto, quattro sedie in forma simile ma non identica, una seggiola grande a braccioli e un vecchio armadio. L'impressione di povertà che faceva la stanza era aumentata dall'accuratezza con cui quelle povere cose erano tenute". A vivere tutto il giorno là dentro si può solo impazzire. Oggi Amalia sarebbe ricoverata in un Centro di igiene mentale. In altre parole, in uno dei padiglioni dell'ospedale rimasti aperti per i casi gravi.

Anche per Zeno Cosini, che pure riesce a sfuggire al suo psicanalista, il tempo di una notte si aprono le porte di una clinica psichiatrica. Quella del dottor Muli, che avrebbe dovuto liberarlo dal vizio del fumo. Non abbiamo trovato traccia a Trieste dello stabilimento del dottor Muli. Sappiamo soltanto che era una casa di due piani, divisa in due appartamenti, in una zona verde della città.

Senza mai arrivare alla pazzia vera e propria, lo stesso Ettore Schmitz avrebbe sicuramente attirato la curiosità del mondo psichiatrico. A cominciare dall'oscura faccenda degli pseudonimi che fa subito pensare alla schizofrenia. Scrive lo psicanalista Jean Starobinski:

> Un uomo che si maschera o si ammanta di uno pseudonimo si rifiuta a noi.

In realtà, Ettore e Italo erano davvero due persone diverse. Il primo era un impiegato di banca, un insignificante borghese triestino che ha fornito la materia ai romanzi dell'altro, uomo colto e fine letterato. Italo rinnega Ettore e se ne libera, assieme al banale cognome da commerciante ebreo ereditato dal padre. La pazzia, almeno presunta, affiorerà di nuovo nella vita di Ettore Schmitz quando la famiglia Veneziani dovrà affrontare i problemi psicologici di Bruno, fratello più giovane di Livia. Omosessuale e tossicomane, fu a lungo in cura dallo stesso Freud che alla fine gli diagnosticò una "mite paranoia" e lo giudicò incurabile. Anche Svevo ebbe allora una diagnosi senza appello per il padre della psicanalisi: "Grande uomo quel nostro Freud, ma più per i romanzieri che per gli ammalati. Un mio congiunto uscì dalla cura durata varii anni addirittura distrutto".

Sulla mappa della Trieste sveviana, le strade della malattia incrociano continuamente quelle della pazzia. Inetti, malati, medici e matti si incontrano senza salutarsi, facendo finta di non conoscersi, arrabbiati gli uni con gli altri. È così che Italo Svevo deve aver incontrato il fantomatico dottor S., cui Zeno Cosini dedica la *Coscienza*. Forse altri non era che il dottor Weiss, eminente psicanalista triestino seguace di Freud. Ma Zeno alla fine si fida solo del dottor Paolo, medico del buon senso. C'è chi sostiene che Svevo si sia ispirato alla figura di suo nipote Aurelio Finzi per delineare il personaggio del dottor Paolo. Ed è proprio Aurelio Finzi il bambino che appare nella tela *L'uccellino morto* di Umberto Veruda. Indirettamente, abbiamo così il ritratto di almeno uno dei medici che si sono occupati delle patologie sveviane, letterarie o reali che fossero. Quello che lo assistette fin sul letto di morte, all'ospedale di Motta di Livenza e che gli negò la davvero ultima sigaretta. La tela *L'uccellino morto* raffigura un bambino che mostra addolorato un uccellino morto alla sua fantesca. Si tratta proprio di quel tipo di traumi che nell'età adulta possono fare la differenza fra sanità e pazzia. Forse fu proprio per quel dolore infantile che Aurelio Finzi decise di diventare medico e di curare la sofferenza su questa terra. Chissà invece cosa doveva essere successo a Umberto Veruda da bambino se poco prima di morire nevrastenico vagava per le strade di Parigi con le tasche piene di lettere a lui indirizzate per poter dimostrare la propria identità in caso perdesse conoscenza.

Ma non sono solo i personaggi sveviani a perdere il ben dell'intelletto sotto l'ombra di San Giusto. Solo vent'anni prima di Fumigi e del padre di Angiolina, niente po' po' di meno che l'illustre Carlotta, moglie di Massimiliano, imperatore del Messico, impazzisce nelle stanze del suo castello.

Da tutte le finestre del castello di Miramare si doveva vedere il mare. Fu la prima cosa che Massimiliano d'Austria, fratello di Francesco Giuseppe, ordinò ai suoi architetti. Innamorato di Trieste, aveva deciso di farne la sua città di residenza costruendovi un castello davanti al mare. Da grande marinaio che era, volle che la sua dimora assomigliasse a una nave. Ancora oggi, il castello sembra una bianca imbarcazione pronta per salpare dal promontorio di Miramare. Ma prima ancora che Massimiliano e Carlotta potessero abitare la casa dei loro sogni, su una nave vera Massimiliano dovette partire per il Messico dove Napoleone III gli aveva promesso un posto da imperatore. Invece finì fucilato dai ribelli messicani. Rimasta sola nel vuoto castello, Carlotta impazzì, aspettando invano, affacciata davanti all'orrore del mare vuoto, il ritorno del suo sposo. Era fiamminga e passò gli ultimi anni della sua vita rinchiusa nel castello di Meize, vicino a Bruxelles. Per ironia della sorte, un castello tutto bianco, circondato non dal mare che aveva scrutato fino a impazzirne, ma da un riposante stagno. Anche per lei Franco Basaglia avrebbe potuto fare qualcosa. Se solo fosse rimasta a Trieste e fosse vissuta un secolo più avanti, avrebbe potuto salpare con la goletta *Califfo*, il cui equipaggio era esclusivamente composto da ex internati. Sarebbe stata un'ottima terapia per rimuovere dalla sua mente scossa l'orrore del mare.

Forse non è per caso che sullo sfondo di tutte queste storie di pazzia ci sia la città di Trieste. Ai tempi di Nitti e di Brentani, la città è già tristemente nota per l'alto tasso di suicidi. Ne abbiamo un'inquietante testimonianza anche nel diario della moglie del console britannico a Trieste sir

Richard Burton. Pochi anni più tardi, Umberto Saba scriveva:

Per molti anni Trieste tenne purtroppo il primato su tutte le altre città d'Europa nella cronaca dei suicidi. La bellissima Trieste è sempre stata e forse sarà sempre una città nevrotica e l'esservi nato non è solo e sempre un privilegio.

E Scipio Slataper, che aveva definito la sua città nevrotica per la duplicità della sua anima, nel *Mio Carso* aggiunge:

Noi vogliamo bene a Trieste per l'anima in tormento che ci ha data.

Con venti suicidi l'anno, ancora oggi come alla fine del secolo scorso Trieste batte la media nazionale e secondo le statistiche Alfonso Nitti avrebbe le stesse probabilità di morire suicida, soltanto molto più anziano.

C'è dunque qualcosa in Trieste che può far uscire di senno. Forse la bora, forse l'imminente confine, forse la sua duplice anima italiana e slava, forse la sua grandezza rimasta inesplosa.

I luoghi nascosti

Ma dove andrebbero, cosa farebbero, come se la passerebbero i personaggi di Svevo nella Trieste di oggi? Per scoprirlo, siamo andati in piazza della Borsa e abbiamo pedinato alcuni bancari durante l'ora del pranzo. Ballina, il collega di Alfonso Nitti, mangiava alla banca: si faceva due uova con pane e burro, innaffiate da un bicchiere di vino. I bancari d'oggi hanno altre abitudini, più sofisticate. Pranzano al Pick, vicino a Piazza Unità, che è una succursale del consiglio comunale, o si fanno vedere al Mau-Mau, lungo il canale del Ponterosso. L'aperitivo lo prendono al bar ex Urbanis, accanto a Piazza Unità o al bar Torinese, appena fuori da piazza della Borsa. Qualcuno si spinge fino al Caffè Vermouth di Torino o anche oltre, verso piazza Goldoni. Ma è perché ha qualcosa da nascondere. Magari non vuol far sapere ai colleghi che da un po' di tempo sta dietro a una segretaria della banca di fronte, oppure vuole farsi un "Bombaz" (miscela di Coca-cola e vino) senza che si sappia in giro. I più pigri non vanno oltre il Caffè Piazza Grande, in Piazza Unità, frequentato da professionisti e single in tiro. Ai tempi di Svevo si chiamava Caffè Garibaldi ed era il luogo di ritrovo degli intellettuali triestini. Oggi è tutto rifatto in stile antico, con ottoni lucidati, vetrine smerigliate e il giornale avvitato a una bacchetta. La cosa più bella che c'è è la commessa in minigonna, soprattutto quando si china a prendere le arance per la spremuta. Il fragolino si beve al bar Unità o dietro il palazzo del Comune, da Marino, che una volta si chiamava L'austriaco e chissà perché, faceva un'ottima sangria. Ma la Mecca della ristorazione rapida alla triestina resta il buffet da Pepi S'ciavo in via Cassa di Risparmio. E citare la Mecca per parlare del locale fondato alla fine del secolo scorso dallo sloveno Pepi Klajusic, non è proprio la più azzeccata delle immagini. Perché Pepi S'ciavo è il tempio del maiale in tutte le sue forme: zampone, cotechino, würstel, pancetta, prosciutto di Praga, luganighe, Kaiserfleisch, piedino, porcina e salsicce di Cragno (è una cittadina dell'Istria e non ha niente a che vedere con i teschi), tutto condito con senape e rafano, che qui si chiama "cren" e annaffiato con birra rigorosamente Dreher. Perché è dal 1897 che da Pepi si beve solo birra Dreher e Darko Ban, Elvio Mua e Paolo Polla, gli attuali gestori, non hanno intenzione di cambiare abitudini vecchie di cent'anni. Fino al 1903, il locale di Klajusic si trovava proprio in piazza della Borsa e sia Svevo che Brentani devono esserci capitati spesso. Ai tempi di Nitti non esisteva ancora. Chissà, forse lo sfortunato bancario non si sarebbe suicidato se tornando a casa quella sera di fine inverno, avesse trovato le luci di Pepi accese e qualche ubriaco che cantava sul marciapiede. Alle volte, basta un piatto di porcina con la senape per salvare una vita. Anche la trattoria da Giovanni, in via San Lazzaro ostenta un menù di tutto rispetto fra cui spiccano i calamari fritti e la pasta col gulasch, astutissima ipocrisia per poter dire alla propria coscienza di aver mangiato solo un primo.

Poi viene il caffè, banalmente corretto con grappa o con tutte le sue triestinissime varianti, quasi incomprensibili per uno straniero. Ecco un piccolo glossario orientativo: il nero è il caffè normale; per avere un cappuccino, bisogna ordinare un caffellatte o un cappuccino grande, perché a Trieste cappuccino vuol dire caffè macchiato; il ca in bi è il caffè nel bicchiere; il deca in bi è il decaffeinato nel bicchiere.

Ma a Trieste, quando fa bel tempo ogni bancario che voglia conservare il proprio posto in società, prima di mangiare ha un sacro dovere da compiere: abbronzarsi. Da maggio a settembre inoltrato, all'ora del pranzo non c'è quasi nessuno nei locali del centro. Fra le 12.30 e le 15.30, il bancario più vicino alla sua banca si trova ad almeno cinque chilometri da piazza della Borsa, a Barcola, sul molo del porticciolo o negli stabilimenti del lungomare. A Trieste l'abbronzatura è sacra. I non abbronzati sono trattati come i negri nel Sudafrica di Botha, come i palestinesi a Tel Aviv, come gli albanesi a Belgrado. Non si rivolge la parola a un non abbronzato perché potrebbe essere contagioso. Solo agli stranieri i triestini possono perdonare un viso pallido, come gli inglesi perdonano al turista pentito una pronuncia stentata. Ma il mito dell'abbronzatura è antico e già i personaggi di Svevo ne erano succubi. In *Una vita*, il procuratore Cellani ammira l'abbronzatura di Alfonso Nitti e gli dice guardandolo con invidia: "Lei ha una cera bellissima!" Poco più avanti è l'avvocato Macario a notare il "viso bronzino" dell'impiegato. Nella *Coscienza*, il dottor Muli, quello della clinica antifumo, mette in imbarazzo Zeno Cosini con la sua tintarella: "Il dottor Muli era un bel giovane. Si era in pieno d'estate ed egli, piccolo, nervoso, la faccina brunita dal sole nella quale brillavano ancor meglio i suoi vivaci occhi neri, era l'immagine dell'eleganza".

Abbronzati e profumati, dopo l'ufficio i bancari non passano le loro serate alla biblioteca civica a farsi una cultura come Alfonso Nitti, ma vanno al Tender, al Campo Marzio, che però è spesso infestato da brufolosi teenagers alla prima sbornia. Prima mangiano al pub Bennigans, in fondo alle rive, che ha anche i tavoli all'aperto. Più tardi si rifugiano al Round Midnight, in via della Ginnastica locale più sofisticato, dove si ascolta musica jazz, suonano gruppi dal vivo e si tengono serate di poesia. Qui la clientela è più attempata: fino ai quarantacinque, tendenzialmente di destra. Per la sinistra alternativa c'è invece il Juice, in via Madonnina, che offre musica scelta, pasti veloci e drink: vietato ai maggiori di trentacinque anni.

Appena aperto, bancari e assicuratori si mescolavano a commessi e impiegati nell'accogliente sala del Makaki, ma adesso è diventato un locale troppo plebeo, inadatto al fior fiore dei colletti bianchi cittadini. Poco lontano da Giovanni, sempre in via San Lazzaro, c'è anche il Public House, riservato a chi non vuole mescolarsi con i mangiatori di salsiccia: musica per tutti i gusti e spuntini leggeri. Un locale più elegante è invece il Tor Cucherna, nella città vecchia. Vi si organizzano feste private con musica e danze, discreto il ristorante. È proprio nei vicoli scoscesi dietro l'anfiteatro romano che si trovava la casa della signora Lanucci dove Alfonso Nitti affittava la sua camera. Oggi dalla sua finestra, lo sfortunato bancario potrebbe osservare gli eleganti frequentatori del Tor Cucherna, più belli, più ricchi di lui. E come cent'anni fa, schiattare d'invidia.

"Angiolina, una bionda dagli occhi azzurri, grandi, alta e forte, ma snella e flessuosa, il volto illuminato dalla vita, un color giallo di ambra soffuso di rosa da una bella salute, camminava accanto a (Emilio), la testa china da un lato come piegata dal peso di tanto oro che la fasciava, guardando il suolo ch'ella ad ogni passo toccava con l'elegante ombrellino, come se avesse voluto farne scaturire un commento alle parole che udiva."

Questa era l'Angiolina di Brentani. Ma anche la Giuseppina Zergol di Svevo e la Carla Gerco di Cosini. Nella Trieste di Svevo, Angiolina passa intatta da un romanzo all'altro, dalla fantasia alla realtà. Di volta in volta assume nuove sembianze, ma è sempre lei, sempre uguale. Ancora oggi Angiolina esiste. L'abbiamo ritrovata sulle locandine di uno spettacolo del Politeama Rossetti. No, non è una vecchiarda centenaria: è sempre un'avvenente ragazza, di una bellezza tagliente e aspra. Adesso si chiama Lucka Pockaj e fa la parte di Angiolina in un riadattamento teatrale di *Senilità*. Lucka ha i capelli castani, ma sul palco le hanno fatto mettere una parrucca bionda, per assomigliare di più all'Angiolina di Brentani. E coi vestitini arancio e gialli, i cappellini con la velina e l'ombrellino al braccio, sembra davvero lei. Proprio grazie all'ombrellino, siamo riusciti a individuare altri luoghi, altre piste della Trieste sveviana. È con la scusa dell'ombrello che all'inizio di *Senilità* Brentani abborda Angiolina: "L'ombrellino era caduto in tempo per fornirgli un pretesto di avvicinarsi ed anzi sembrava malizia! – impigliatosi nella vita trinata della fanciulla, non se n'era voluto staccare che dopo spinte visibilissime". Curioso che anche Livia Veneziani nelle sue memorie si trovi a parlare di ombrelli raccontando di certe sbadatezze del marito:

Ad ogni pioggia perdeva un ombrello. Io gliene compravo di vistosissimi perché gli rimanessero impressi nella memoria. Un giorno uscì con un parapioggia dal manico rosso e lo smarrì. Durante una successiva giornata di pioggia uscì portandone con sé uno grigio e ritornando a casa con quello rosso!

È molto probabile che l'ombrello rosso e quello grigio si dessero il cambio, da un pomeriggio all'altro, nello stesso portaombrelli in un appartamento dalle parti di corsia Stadion. Ma questo alla signora Svevo non venne mai in mente. Cosa dire poi del padre di tutti gli ombrelli, l'ombrellaio di largo Barriera Vecchia, "quello delle ombrelle ordinarie, colorate", quello che in una notte di Carnevale soffia Angiolina al Brentani?

"Una faccia nera, nera, incorniciata dalla barba abbondante che gli arrivava fin sotto agli occhi, ma la testa calva e lucente e gialla", l'avversario di Brentani non era certo bello, ma doveva essere un grande seduttore. Siamo andati a vedere cosa ne resta. In largo Barriera Vecchia il negozio c'è ancora: si chiama Lux-Moda e oltre agli ombrelli vende borse e cinture. Il proprietario è un bel signore di mezza età, dai folti capelli neri. Una vera faccia triestina, leggermente abbronzata già in febbraio e sotto due bei baffi, il ghigno di chi la sa lunga. Non facciamo fatica a immaginarlo mentre intorta la bella Angiolina offrendole da bere al Caffè Chiozza, un locale molto di moda nella Trieste di inizio secolo che si trovava all'inizio dell'attuale via Battisti. In fondo era una notte di Carnevale, ed era pur lecito prendersi qualche libertà. Anche Angiolina doveva conoscere la canzoncina che Carla Gerco sguaiatamente canta a Zeno in uno dei loro incontri. Lei ne sapeva solo una strofa, noi l'abbiamo ritrovata per intero:

> Fazo l'amor xe vero
> cossa ghe xe de mal,
> son giovine e son bela
> e semo in Carneval
>
> Vado al veliòn stasera
> cossa ghe xe de mal
> son giovine e son bela
> e semo in Carneval
>
> Fazo l'amor xe vero
> cossa ghe xe de mal
> volé che a sedes'ani
> stio lì come un cocal?

Lucka non canta questa canzoncina sulla scena di *Senilità*. Ma quando ancora andava a scuola, anche lei cantava: in un coro sloveno, il "Glasbena Matica". Perché anche Lucka, come le altre Angioline, è di nazionalità slovena. Del tempo del "Glasbena Matica" ricorda ancora questo motivetto: "Sem deklica mlada vesela, sem mlado slovensko deklé" che vuol dire: "sono una ragazzina giovane e felice, sono una giovane ragazzina slovena". Siamo andati a trovarla, l'ex ragazzina slovena, sopra Barcola, verso Contovello, nella vecchia casa dei genitori, accanto alla ferrovia, dove ha passato tutta la sua giovinezza quando faceva la scuola commerciale slovena e per lei suo padre sognava un futuro da segretaria. Ma a Trieste, si sa, le scuole commerciali producono artisti e questo Lucka lo sapeva quando nei lunghi pomeriggi invernali stava seduta al tavolo del salotto, ascoltando il tic-tac del pendolo alla parete mentre studiava i suoi primi ruoli per il teatro sloveno di Trieste. Dalla finestra della stanza che condivideva con la sorella più grande Marinka, Lucka vedeva il mare. Lontano a destra le gru di Monfalcone e a sinistra la punta Sottile di Muggia e poi, nelle giornate limpide, anche oltre, fino a Pirano. Sotto casa c'erano le arnie colorate delle api di papà Hilarij e accanto, a picco sulla ferrovia, si spalancava il grande orto sempre ben ordinato. Sul balcone si stiracchiava al sole il gatto Fric e mamma Bruna cuoceva uno strucolo di mele in cucina. Quello era tutto il mondo di Lucka, il suo palcoscenico preferito, dove il tempo era scandito dal passaggio dei treni e delle stagioni, dall'ora della scuola e della cena, quando bisognava assolutamente essere a casa. Ogni mattina Lucka prendeva l'autobus 36 per andare a scuola a San Giovanni e spesso restava in città tutto il giorno, perché il pomeriggio doveva andare al Kulturni Dom per le ripetizioni. Allora era una ragazzina acerba, portava l'apparecchio per i denti e aveva sempre uno o due brufoli accesi sulla fronte. Al teatro sloveno di Trieste pochi credevano che quell'irriverente sbarbina sarebbe stata ammessa alla scuola teatrale di Lubiana. L'Angiolina vera è finita cavallerizza in un circo, e siccome Lipizza è a pochi chilometri da Trieste, ci piace immaginarla mentre si esibisce in acrobazie sul dorso di un bel cavallo bianco. Lucka invece è diventata un'attrice vera. Adesso è una donna matura, anche se a guardare i suoi occhi grigi si finisce sempre per scovare il guizzo vivace della bambina slovena che cantava al "Glasbena Matica". Lucka oggi non abita più a Trieste, ma a Lubiana, dove si è sposata. Non con l'inetto Brentani, né con l'ombrellaio di largo Barriera Vecchia, ancor meno con il sarto fiumano Volpini, ma con Branko Zavesan, un attore del teatro stabile sloveno. La famiglia Pockaj ha decisamente un debole per i personaggi sveviani. In un originale televisivo di RAI3 del 1986 intitolato *Il seduttore filantropo* e tratto dal racconto *Il buon vecchio e la bella fanciulla*, abbiamo scoperto la sorella di Lucka, Marinka, nella parte della bella fanciulla, che qui invece di guidare il tram di Servola, fa la tassista. Una tassista di pochi scrupoli, che non esita a concedersi a un ricco commerciante di legnami molto più vecchio di lei e ad andare a vivere con lui nella sua villa di Barcola. Poi la storia finisce e la fanciulla ritorna a guidare il tassì. La zia, che cerca di procurare un altro lavoro alla nipote smidollata, la giustifica dicendo: "Sua madre cadde da cavallo quand'era giovane". Non ci sono dubbi: la bella fanciulla Marinka Pockaj altri non è che la figlia di Giuseppina Zergol, alias Angiolina, al secolo Lucka Pockaj. A simili e anche più fitti intrighi portano le piste dei personaggi sveviani nella Trieste d'oggi.

"Ora che a Trieste tutti sanno l'inglese, mi toccherà andarmene", disse James Joyce a un amico il giorno del 1914 che la Berlitz School dove insegnava, a causa della guerra chiuse i battenti. Nei lunghi e burrascosi anni passati a Trieste, Joyce aveva dato lezioni di inglese anche a Italo Svevo. I due letterati erano subito diventati amici. Più volte il ricco commerciante triestino venne in aiuto dello squattrinato irlandese, arrivando perfino ad assumerlo come corrispondente inglese presso la ditta Veneziani. La signora Schmitz così ricorda quel periodo:

Le lezioni si svolgevano con un andamento fuori del comune. Non si faceva cenno alla grammatica, si parlava di letteratura e si sfioravano cento argomenti. Joyce era divertentissimo nelle sue espressioni e parlava il dialetto triestino, come noi, anzi un triestino popolare appreso nelle oscure vie di città vecchia dove amava sostare.

Malgrado le divagazioni letterarie, le lezioni di Joyce diedero i loro frutti. Sempre bravo a scuola fin dai tempi di Segnitz, Svevo imparò l'inglese senza problemi, anche perché doveva essere portato per le lingue. Siamo riusciti a recuperare uno dei temi che Joyce diede come compito per casa al suo scolaro. Potrebbe intitolarsi: "Il mio maestro":

When I see him walking on the street I always think that he is enjoying a leisure, a full leisure. Nobody is awaiting him and he does not want to reach an aim or to meet anybody. No! He walks in order to be left to himself. He does also not walk for health. He walks because he is not stopped by anything... He wears glasses and really he uses them without interruption from the early morning until late in the night when he wakes up. Perhaps he may see less than it is to suppose from his appearence but he looks like a being who moves in order to see. Surely he cannot fight and does not want to. He is going through life hoping not to meet bad men. I wish him heartily not to meet them.

Non sappiamo che voto abbia preso Svevo per questo compitino. Anche se un po' legnoso nello stile, ci sembra largamente sufficiente dal punto di vista grammaticale.

La Berlitz School e anche l'abitazione di Joyce si trovavano in via San Nicolò, ai numeri 30 e 32. Proprio allo stesso numero, pochi anni dopo Umberto Saba apriva la sua libreria, che ancora esiste.

Dove la via nel sole è una dorata striscia / a me stesso do la buonasera

scriveva il poeta probabilmente parlando della strada di casa. Perché nei tardi pomeriggi d'estate, via San Nicolò diventa davvero una dorata, abbagliante striscia di luce. A quell'ora sotto gli alti palazzi si addensa un'atmosfera strana, propizia al sogno e all'incantesimo. Il clamore delle rive è lontano. Le ombre sono buie e taglienti. Siamo nel centro della città, ma si sentono i piccioni tubare sui tetti, i gabbiani gridare dalle rive. Solo qualche autobus dalla vicina via Mazzini increspa a tratti il silenzio. Sul marciapiede, un vecchio avanza col passo esitante e il berretto sul capo malgrado il caldo. Potrebbe essere Saba. Come potrebbe essere Joyce quell'ubriaco appoggiato al muro d'angolo. Al numero 25, proprio davanti alla libreria di Saba, c'è l'Hotel Continentale, dal nome tutto inglese e dall'interno arredato in uno struggente miscuglio di caserma asburgica e bar milanese degli anni del boom. Verso la metà del pomeriggio, entrando nella hall si può sorprendere un'affabile signora in cortese conversazione con il portiere dietro il banco della reception. Ma non si tratta di una signora qualunque, a caccia di sensazioni forti che si siede vezzosa sulle poltroncine di pelle fingendo di leggere *Il Piccolo* e sogna il brivido di qualche amore illecito. No, è una signora del secolo scorso, vestita come cent'anni fa. Indossa abiti lunghi, gonfi sui fianchi e stretti ai polpacci, camicette ricamate e guanti di pizzo nero. Sui capelli pettinati all'insù, porta un cappellino fiorito, con tanto di velina e al braccio un ombrellino che fa pendant con la borsetta, proprio come quello di Angiolina. Passa gran parte del pomeriggio ad annoiarsi nella hall del Continentale, a chiacchierare con il portiere e a guardare distrattamente la tivù. Poi verso sera esce per strada e si mette in mostra nell'ora del passeggio, quando il centro si riempie per l'aperitivo e la passeggiata. Le piace sentire gli occhi su di sé, gode vedendo la gente che si stupisce al suo passaggio, i bambini che la indicano alla mamma, i bulli che le fischiano dietro sfrecciando in motorino. Ogni sera ritorna, elegante e impassibile, sempre con un vestito diverso e tutti gli accessori rigorosamente abbinati. Anche questa è una malattia mentale, innocua come tutte quelle che si incontrano per le strade di Trieste. Non a caso la signora del secolo scorso ha scelto via San Nicolò come quartier generale.

Tutte le magie sono possibili in via San Nicolò. Fino a qualche anno fa sempre qui, al numero 10, aveva sede la Polisportiva San Nicolò, cenacolo di atleti, intellettuali, esteti e semplici avventurieri che come una comune di anarchici avevano fatto di Trieste la loro patria di adozione. Il loro campo di attività spaziava dal calcio dilettantistico al teatro, dalle arti plastiche alla poesia. Attorno alla Polisportiva San Nicolò, per breve tempo gravitò una piccola ma significativa parte dell'avanguardia artistica triestina. La stessa Lucka Pockaj, all'inizio della sua carriera, frequentò il vivacissimo atelier che diede vita anche a un laboratorio poetico guidato da due poeti di provenienza diversissima: l'argentino Octavio Prenz, autore di poesie e romanzi, giunto a Trieste dalla Iugoslavia dove insegnava all'università di Belgrado e l'americano Gerald Parks, che dalla lontana Seattle venne a Trieste a tradurre in inglese Biagio Marin e a comporre poesie in italiano. Dell'effimera presenza della Polisportiva San Nicolò oggi non è rimasto quasi nulla, tranne il ricordo di chi la frequentava e un poco la rimpiange.

Se nella Trieste di Svevo la Berlitz School era l'istituto più quotato per l'insegnamento dell'inglese, nella Trieste d'oggi questo primato spetta sicuramente alla Scuola Superiore di Lingue Moderne per Interpreti e Traduttori, una particolarissima facoltà dell'università, situata in via Fabio Filzi 14. La Scuola per interpreti di Trieste non insegna le lingue, perché per entrarci, quelle bisogna già saperle. Insegna a fare acrobazie con le lingue, e chi non si rompe il collo prima, uscendo di là può tradurre in simultanea anche l'elenco telefonico. Qui l'autorità incontestata per l'insegnamento dell'inglese è il professor Clyde Snelling, un distinto signore inglese che ama l'opera e detesta i gatti, soprattutto quelli che si chiamano Rochester. Per vedere l'ultima versione dell'*Adelchi*, il professor Snelling è capace di attraversare tutta l'Europa. In America invece preferisce andarci meno che può, come ai tè pomeridiani dei suoi connazionali, infestati da gatti o ancor peggio da bambini. Sulla scrivania dell'ufficio, il professor Snelling tiene un libro soltanto: la raccolta delle opere di Shakespeare. Perché il professore è convinto che tutto quel che c'era da dire a questo mondo l'abbia già detto il grande poeta inglese. Il resto è inutile baccano, vana ripetizione. Per questo Clyde Snelling parla solo quando è necessario e sempre attraverso citazioni made in Stratford-on-Avon. Tranne quando deve esprimersi sull'accidentato inglese dei suoi allievi. Allora è capace di espressioni coloratissime e originali. Per esempio, a un apprendista interprete avventuratosi in costruzioni di dubbia chiarezza potrebbe chiedere: "What kind of weekly comics do you read?" Da giovane, il professor Snelling portava occhiali dalle lenti verdi. Oggi, segno di maturità, le porta marrone. Uno dei sogni della sua vita è mandare le sue camicie per via aerea a Londra e farle stirare in una lavanderia cinese. Invece deve accontentarsi della donna delle pulizie di Roiano. Come Joyce, anche il professor Snelling parla un perfetto dialetto triestino. Gli serve per ordinare i suoi piatti preferiti nei migliori ristoranti della città. Non possiamo sapere come avrebbe insegnato l'inglese a Svevo, né quali sarebbero stati i loro argomenti prediletti di conversazione. Sappiamo per certo che se si fossero conosciuti, la signora Veneziani sarebbe stata spesso risvegliata nel cuore della notte da suo marito che rincasava ubriaco cantando: "Marieta buta zò 'l paiòn".

Epilogo

In queste pagine ci siamo divertiti a pedinare Svevo e i suoi personaggi per le strade di Trieste, a frugare anche noi nella sua coscienza e nella sua vita. Abbiamo raccolto parole segrete e confidenze che sullo scrittore ancora circolano in città, sorprendendoci noi stessi di quanto fossero ancora vivi i ricordi della gente. A ogni incontro, in ogni conversazione, era come se si stesse parlando di un concittadino da poco scomparso, di un vecchio zio che fino a ieri soltanto abitava il piano di sopra. Forse perché a Trieste il ricordo ha un'altra consistenza che altrove. Vale di più, il suo peso specifico è maggiore. Scrive Slataper:

E anche noi obbediremo alla nostra legge. Viaggeremo incerti e nostalgici, spinti da desiderosi ricordi che non troveremo nostri in nessun posto. Di dove venimmo? Lontana è la patria e il nido disfatto. Ma commossi d'amore torneremo alla patria nostra Trieste, e di qui ricominceremo.

È per questa testarda, tenace capacità di ricordare che a Trieste nulla va perduto, tutto si conserva. Le strade, le case, la luce e gli odori dei personaggi sveviani sono ancora tutti qui. Delle loro tristezze sono intrise le pietre e le loro parole risuonano in certe sere d'inverno, mescolate al soffio della bora che anche lei è sempre quella. Così fatale e apocalittica, ambasciatrice di una fine del mondo che non viene mai. Ma Trieste non svela facilmente i suoi segreti. Riservata e aristocratica, si racconta con pudica reticenza e soltanto a chi guadagna la sua fiducia.

Scrive Saba:

> Trieste ha una sua scontrosa
> grazia. Se piace,
> è come un ragazzaccio aspro e vorace,
> con gli occhi azzurri e mani troppo grandi
> per regalare un fiore;
> come un amore
> con gelosia.

Crediamo di essercela fatta amica la scontrosa Trieste, confessiamo di essercene innamorati e ci piace pensare che nell'appassionata rincorsa dei personaggi sveviani anche noi abbiamo lasciato tracce che a qualcuno un giorno verrà la curiosità di cercare.

Bibliografia

Benco, Silvio, *Trieste tra '800 e '900*, Bologna, Massimiliano Boni editore, 1988.
Camerino, G.A., *Svevo*, Torino, UTET, 1981.
Loseri Ruardo, Laura, *Guida di Trieste*, Edizioni Lint, 1985.
Magris, Claudio, *Microcosmi*, Milano, Garzanti, 1997.
Maier, Bruno, *Italo Svevo*, Milano, Mursia, 1968.
Rutteri, Silvio, *Trieste – Storia ed arte tra vie e piazze*, Trieste, Edizioni Lint, 1981.
Saba, Umberto, *Il Canzoniere*, Torino, Giulio Einaudi editore, 1957.
Schmitz, Elio, *Diario*, Palermo, Sellerio, 1997.
Slataper, Scipio, *Il mio Carso*, Milano, Rizzoli, 1989.
Starobinski, Jean, *Le Remède dans le mal*, Paris, Gallimard, 1989.
Svevo, Italo, *Senilità*, Milano, Dall'Oglio, 1949.
– *La coscienza di Zeno*, Milano, Dall'Oglio, 1962.
– *Una vita*, Milano, Mondadori, 1985.
– *I racconti*, Milano, Rizzoli, 1988.
Tomizza, Fulvio, *Franziska*, Milano, Mondadori, 1997.
Veneziani, Livia, *Vita di mio marito*, Trieste, Edizioni dello Zibaldone, 1958.

Ringrazio tutti quelli che mi hanno aiutato nelle mie esplorazioni dei luoghi sveviani, in particolare, Fulvio Anzelotti, le amiche di *The Office* Rossella Spangaro e Cristiana Fiandra, gli insegnanti vecchi e nuovi della Scuola Superiore di Lingue Moderne per Interpreti e Traduttori di Trieste, i compagni d'università, Francesca Simonetto per avermi fatto incontrare Paolo Pollanzi, Fulvia Andri per i testi delle canzoni triestine, Elisabetta Fontana per avermi accompagnato nella visita al museo sveviano, Pier Zenga per avermi portato a mangiare lo stinco sul Carso, Alessandra Giordani per avermi detto che malgrado tanto tempo passato all'estero, sembro ancora italiano, Marco Rucci anche se non c'era, Clara Villoresi per essere rimasta a Bruxelles e Benedetto Di Tommaso per essere venuto apposta da Genova senza gomme da neve pur di incontrarmi.

Indice

Sei personaggi in cerca di dottore   9
I luoghi dell'amore   13
I luoghi della paura   27
I luoghi della vecchiaia   45
I luoghi della pazzia   59
I luoghi nascosti   69
Epilogo   83
Bibliografia   85

I GRANDI Tascabili Bompiani
Periodico quindicinale anno XIX numero 843
Registr. Tribunale di Milano n. 269 del 10/7/1981
Direttore responsabile: Francesco Grassi
Finito di stampare nel febbraio 2003 presso
Tip.le.co - via Salotti, 37 - S. Bonico (PC)
Printed in Italy

ISBN 88-452-5379-1